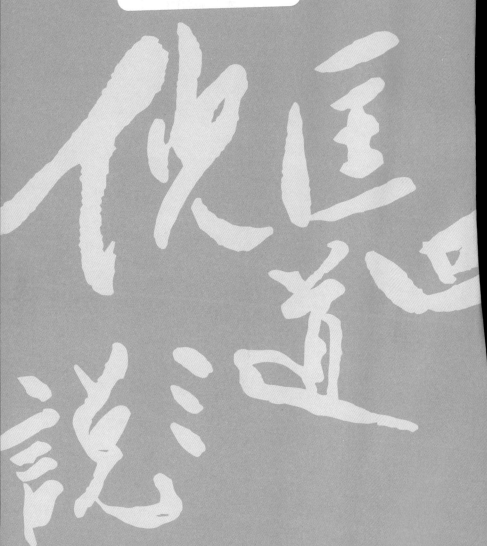

倪匡說三道四

男女

倪匡經典散文
精選集 1

新版序

一以貫之

出版社要為四本舊作散文出新版，照例要寫新序。自從寫作配額告罄以來，一聽到要寫什麼，立刻頭如斗大，苦惱不已，避之唯恐不及。但自己作品，說明一下，推無可推，只好硬上。

其實也真沒什麼好說的，都是陳年舊作，自己連再看一遍都不想，可說的好處是，文中所表達的觀點、立場、愛憎、喜怨，都一以貫之，無絲毫變更，讀友喜的仍會喜，不喜的當然依然不喜。這一點絕對可以保證，開卷前請留意，勿在事後埋怨。

是為序。

八六匕翁　蛟川倪匡　20210522　香港

自報名頭囉裏囉嗦一大串，大有金庸筆下「太岳四俠」之風，堪發一噱。

檻內檻外都是情

倪匡

若干年之前，人屆中年，忽然開始撰寫了一批抒情文字，很怪。因為寫這類文字，大多數是青年，甚或是少年人的作為。中年，是人生的另一層次，沒有了青年那種噴發的激情，就算未曾看透世情，也應該已經進入了世情之內，不再在世情之外了。

或許，正由於如此，才和激情有差別，從另一層次來體會——層次無所謂高下，只是不同，從不同的層次，可以體會到不同的感情，這個層次的感情，直接而實在，風花雪月，都不同，但又都同是情。

現在，重看，當然人生又已進入了另一個境界：什麼都不必說了——默然無言，不也是情嗎？

二〇〇七 香港

檻內檻外都是情

若干年之前，人屆中年，自然而然的撰寫了一批抒情文字，很怪，因為寫這類文字，大多數是青年，甚或是少年人的作為。中年，是人生的另一層次，沒有了青年期那種噴發的激情，就算未曾看透世情，也無疑已經進入了世情之內，不再在世情之外了。

或許，正由於如此，才知激情有差別，從另一層次來体會——層次無所謂高下，只是不同，從不同的層次，可以体會到不同的感情，每一層次的感情，直接而實在，風花雪月，都不同，但又都同是情。

現在，重看，甚然人生又已進入了另一个境界，卻什麼都不必說了——默然無言，不也是情嗎？。

倪匡

〇六十二〇四

[illegible]

序

為《倪匡說三道四》作序

蔡瀾

倪匡兄由三藩市回來了，掀起一陣倪匡熱潮，各大出版社紛紛重印他的舊作，《衛斯理××》賣個滿堂紅，當然又對他的散文打主意了。

我一向喜歡他老兄的散文多於小說，倪匡兄老早已踏入不必虛偽的境界，句句真言，看得非常過癮。

但散文集已成絕版，我在寫他的事蹟想找來做參考，亦難覓。向他老人家要，回答說沒有什麼好存的，連他也沒有，最後好在出現了一個有心人贈書，才能重讀。各位想看，也不必傷腦筋了。「明窗出版社」重新印製，編成系列，要我在新版上作序。出版《老友寫老友》時，倪匡兄自告奮勇為我寫序，現在輪到我了，互不相欠。

寫些什麼呢？只知他在科幻小說中甚少談及男女私情，這些遺漏都在散文中填補，但不易看出，唯在細讀，才感受其浪漫，這絕非年輕愛情小說作家書中所能描述。

散文中也充滿了人生哲學，像倪匡兄說到心痛，說那不是真痛，不去想，就不會痛了。真正的痛，是人家拿刀子在你身上捅了一下，才會痛。這種痛，把「必理痛」或「散利痛」藥丸當花生吃，即能醫好。除了哲理，還很幽默，讓人看了笑破肚皮。

書中其他妙語甚多，年輕人想出書賣錢，但說找不到題材寫，又寫不出，對這些人，我有個提議：不會寫就別寫了，乾脆花時間和功夫去記錄倪匡兄的言論，當成《倪匡金句》，出版商聽了一定大感興趣。

別人認為怪論，我聽了覺得一點也不怪。但衛道者絕不認同，說他是大作家，怎麼教壞孩子？這才是笑話，要是一兩篇散文有那麼大的影響，每天七八小時的教育制度，就徹底地失敗了。

「書只分兩種：好看的，和不好看的。」倪匡兄說。一點也不錯，他的散文真好看，我擔保。

目錄

第三輯　男女

第四輯　伴侶

第五輯 真愛

第六輯　問愛

第一輯

胴體美

暴露

原始目的是引發異性的性衝動

人類有不可避免的生物天性，生物之中，懂得用衣服這種東西把自己的身體遮蔽起來的，大概只有人——那不知是從什麼時候開始的，作為人類從原始過渡到文明的一個主要過程。

可是，儘管這一過程早已經歷過，而且是許多許多年之前的事了，但是原始人沒有衣服的生活，還殘存在人的意識之中，何況，身體是異性之間互相吸引的根本，比起衣飾來，身體對異性的吸引力，不知強烈多少倍。所以，不論男女，在心理上，都有着向他人暴露自己身體的傾向，那實在是十分正常的一種行為，並不值得非議。

有趣的是，對於身體的暴露，幾乎在任何社會中，都有法律禁止，即使在最進步的地區，也不會允許在公眾地方，公然裸露全身，這種法律，在落後地區，還是嚴重至極的罪名。

暴露，只要不成狂，展覽一下自己美麗或不美麗的身體，應該是賞心樂事，不過，若換來的不是欣賞，而是原始的淫褻目光，甚而至於，「引人作犯罪行為」，引起了攻擊，那也不能怪別人，只好說是「求仁得仁」吧！展露身體，原始目的，就是為了要引起異性的性衝動！

挺乳

「它的容器是那麼可愛」

一個老笑話，醫科學生測驗，題目是：「試比較人乳和牛乳餵嬰的優劣。」一個學生答：「當然人乳為優，它的容器是那麼可愛！」

女性胴體美之中，乳房所佔的地位，極其重要，標題不用「隆乳」、「豪乳」、「豐乳」、「大乳」等等，大有原因，因為隆而不挺，豐而下墜，大而無當，就非但顯不出美態，反而只覺其醜，只有在用物件托着的時候，或許還不覺得，一旦天體，就原形畢露了。

所以，女性乳房，不在大小，只在挺。一雙挺聳的乳房，就足以表現女性的美麗——自然也不能平，平，自然也無法挺，其理至明。

挺，還包括乳尖形狀的配合，凡是美麗的挺乳，必然不會有黑而粗大的乳尖，這幾乎沒有例外，乳房的整體美，配合得相當好，有時變的例子，並不多見。

挺乳自然天生，但也可以人工造成，人工形成挺乳的方法，日新月異，進步速，單從視覺上，已可亂真。據試者稱，在觸覺上，略有分別云云。女性若追求胴體美，人工挺乳是一大課題，十分之值得嘗試。

蜂腰

「楚王好細腰，宮人多餓死。」

提及女性胴體的美態，自然又不免被人說「肉慾主義」，然而，讓假道學去說好了，女性體態美，在人類生活中，佔極重要的地位，這一點，絕不可否認。

女性胴體美之二是：蜂腰。

蜂腰就是細腰（中國十八、十九、二十、二十一、二十二，沒有一定標準，過了二十二，二十三還可以，二十四、五就難稱蜂腰。古人有「盈握」的形容，太誇張了。）

蜂腰又或稱柳腰（「柳腰一搦」）也稱纖腰，總之，腰肢細，是女性的重要美態。

蜂腰不單獨存在，若是全身瘦得像竹桿一樣，如非洲飢民然，瘦則瘦矣，何美之有？所以，副題所引的那些宮女，十分之笨，餓，餓不出細腰來，就算餓出來了，也絕非美態。

蜂腰還不能硬，在觸覺上，要十分柔軟（所有女性胴體視覺上的美態，都要和其他給予男性的感覺相配合），與之配合的是凫臀和挺乳。

蜂腰百分之九十九靠天生，百分之一靠後天的努力，難至極矣，天生腰不細的，不必勉強，天生腰細的，好好保養。

鳧臀

俗稱「翹屁股」者是

男女間愛情是心理、生理雙方面的事，而且，生理上的因素更甚於心理，這自然會被目為「肉慾主義」，那不要緊，因為若沒有肉慾，男女之間，必然不可能有愛情，這是絕對可以肯定之事。

據此，不妨再討論一下人體之美，能吸引異性之處。

女性身體，可以吸引異性之處極多，「鳧臀」是其中之一。「鳧」是野鴨子的正式名稱，普通鴨子，都是翹尾，野鴨更長。所以，形容女性「鳧臀」，就是翹屁股。聽來相當粗俗，但卻是在女生美態之中，極動人的一種。

東方女性之中，這種美態的極少，皃臀也稱「拗腰」，腰部在適當部分，作凹弧形凹入，於是，臀部便變得十分突出，凡有皃臀體態的女性，臀部必然渾圓，大小適度，且十分結實，這就構成了優美的體態，吸引異性的目光，引發男性的愛慕，令男性產生本能的衝動。

皃臀的女性，以黑種女性居多，十分突出，白種女性次之，黃種人中十分少見，如果閣下的愛人有這樣的美態，那要珍惜，這是女性幾種美態中，黃種人較為罕見的一種。

不單是美觀，這種美態，自有更迷人之處在。

修腿

比例是八分之三點七

把人的體高分成八份，頭部所佔的比例是八分之一，標準的美腿，所佔的比例，應該是八分之三點七——自踵至股下，不連臀部。這是美學上的計算法，也是一般的審美標準，有特別喜歡蘿蔔腿八字腿短腿粗腿女性的，當然是例外。

女性胴體美中，一雙修長的玉腿，也佔重要的地位，腿長，在大多數情形下，導致儀態動人，走幾步路，或是坐着不動，也自然而然，會有與眾不同的美態。

自然，美人要多方面配合，單有一雙修腿，不足以稱美人，但若是沒有修長的玉腿，美人也必然大大遜色。

腿長，是西方女性的專利，東方女性要真正得天獨厚，才能有一雙美腿。而且，完全天生，至今為止，還未聞有什麼人有方法，可以令女性雙腿變長——變短倒可以，曾有六呎二吋高的女性，鋸短了八吋的紀錄。

亞洲女性若生而有一雙修長的美腿，那是上天對之特別眷顧，美麗的玉腿，在男性心目中，佔極重要的地位，倒不僅是生理上感到特別美，心理上也會有特殊的美感，無可言喻。

雪膚

溫泉水滑洗凝脂

女性胴體美，皮膚質素，也佔極重要的地位，這一點，東方女性佔了極大的優勢，白種女性皮膚之粗糙，有不可想像者，美的程度，自然大打折扣。

有色人種的女性，皮膚細膩柔滑，以棕種人為最——印尼和大洋洲一帶的土人，黑種人次之，黃種人又次之，可是，黃色人種的女性，若是天生有白膩的皮膚的，卻又是最美麗的一種，以亞洲北部的女性較多見，太過近南方，女性皮膚容易粗。

真正好看的皮膚，是不是白，倒還在其次，重要的是細、膩、柔、滑，即使在視覺上，也要給人以如絲如緞之感，就算黑，也一樣十分美麗。

自然，真正瑩白的皮膚，自有一種叫人神為之奪，目為之眩的美麗，真有叫人一看之下，連氣都喘不過來之感。而且，雪膚會使人聯想到嬌弱，楚楚可憐，和許多動人的神態，所以，歌頌起美人來，「凝脂」、「雪膚」是少不了的形容詞。

現代觀念自然略有不同，古銅色的皮膚象徵健康，一樣令人魂飛魄散，然而，真正的瑩白，更加美麗。

編貝

也得看什麼貝

牙齒在美容上的地位，重要之極，絕無可能牙齒不美，而能成為美女的。牙齒有實際的功用，實在是美態的重要一環，不可忽視。

古人形容女性牙齒美麗，有「齒若編貝」，十分模糊，也得看看是什麼貝，固然有其美如玉的貝殼，但也有很怪的貝殼，如毛蚶，牙齒如一排毛蚶，那不是美女，而是夜叉。

牙齒在女性美貌很重要，天生有一副美麗牙齒的女性，真是得天獨厚，每天都至少應該向上帝感恩一次。可是，也往往看到天生有美齒的女性，不注意牙齒的健康，弄得滿口蛀牙——牙齒要是病，有時，非戰之罪，不是人為的能挽回，但竟然有不注意牙齒之清潔者，那真是罪無可恕，殺不可赦！

不單美麗的牙齒必須潔淨，形態不美的牙齒，更要乾淨，要使牙齒潔白，十分容易，潔白的不美牙齒，比滿是污垢的美齒還要好！

現代醫術進步，滿口牙齒，都可以換過，真假難分，唯有自知——若非必要，自知即可，萬別告訴伴侶。

秀髮

錦上添花靠秀髮

曾寫了不少有關女性胴體美的文字，略略可以補充，還能說秀髮。

頭髮在人的外形瞻觀上，所佔的分量並不重要，尤其是男性，大有禿頭禿得十分有氣概者在，由於女性荷爾蒙有防脫髮的功效，所以大致來說，女性極少禿頭。

頭髮在女性體態美上，起的是「錦上添花」的作用。真正美女，即使把頭髮全剃光了，一樣美艷，有很多銀幕上的例子可以證明，但如果一頭秀髮，自然更加動人，可以使美麗程度增加。

女性的髮型，千變萬化，有長有短，也有不長不短，式樣可以改變，也不是十分重要，重要的是頭髮的健康，健康的頭髮，必有光澤，甚至可以達到「髮光可鑑」的地步，自然動人之極。

而在維持頭髮健康的同時，保持頭髮的清潔，也重要之極，不然，在耳鬢廝磨之際，不清潔的頭髮，會有異味發出——那和體香不同，不會因人而異，而是百分之百惹起反感的惡味，那真是大煞風景之極了！

有一說，喜歡轉變髮型的女性，愛情不專一。這種說法，全無根據，絕不可信。

體香

完全沒有標準的奇妙現象

女性的「體香」，是完全沒有標準，絕對因人而異的一種奇妙現象。妙在「體香」的「香」字，只能作「氣味」解，而不能作香臭對比時的「香」來解釋。

因為同一個女性胴體所發出來的氣味，在十個不同的男性的嗅覺神經上，會產生十種不同的反應——有時甚至截然相反，甲聞來沁入肺腑，心神俱暢；乙聞到，可能掩鼻不迭，胃口全倒。

女性的美或醜，無形無質的體香，佔十分重要的地位，別的再美，若是腥不可擋，或是一開口，非但不吐氣如蘭，而是臭不可聞，那麼，別的美態，必被破壞到蕩然無存。雖然一般來說，美女大都不會有太難聞的氣味，但還是有例外的。

據考證，「香妃」，就是體香特殊的一例，恰好乾隆特別喜歡這種氣味，自然珍之寶之，若是有不喜歡這種氣味的，自然棄之如敝屣。

女性的體香，不知有幾千萬種，種種都各有優點，可惜女性不很了解男性對女性天然體香的欣賞程度，每用香水來掩遮天然香，真是天下第一笨事！

寧睡

不是很親近的，不必追究這一點。

據說，以前皇帝納后，納妃，揀好了美女，進宮之前，先要由有經驗的婦人，陪她們睡覺，睡上三五天，一則，可以向她們灌輸性教育（在那個時代，只怕多半是教如何取悅男人的方法），二則，是察看她們的睡相，更重要的是察看她們睡覺的時候，是不是安寧。

安寧的睡覺，是女性體態美中相當重要的一環，但如不是和一個女性親近到可以共度良宵，相擁而眠的程度，也大可不必追究此點，因為她睡相再壞，也與閣下無關。

睡相好的女性，絕不胡亂翻身，安安靜靜躺着，柔順貼服的小貓，更不會睡夢之中，大展拳腳，如打北派。而睡相壞的，會打鼾——美女而鼾聲如雷，沒有比這更煞風景的事，更有甚者，有的會磨牙，整晚咬牙切齒，「格格」之聲不絕，雖然可以起到恐怖片的效果，但決不會令枕畔人起任何快感。再糟糕的是，有的甚至於會每晚放屁，那真是不堪之尤了。

凡是睡相不好的，自然不入選，所以有故意不想進宮的，就故意裝成睡相極壞——自然，那是傳說。

睡相壞，不論是哪一種，其實都可以矯正，只要願意糾正的話。

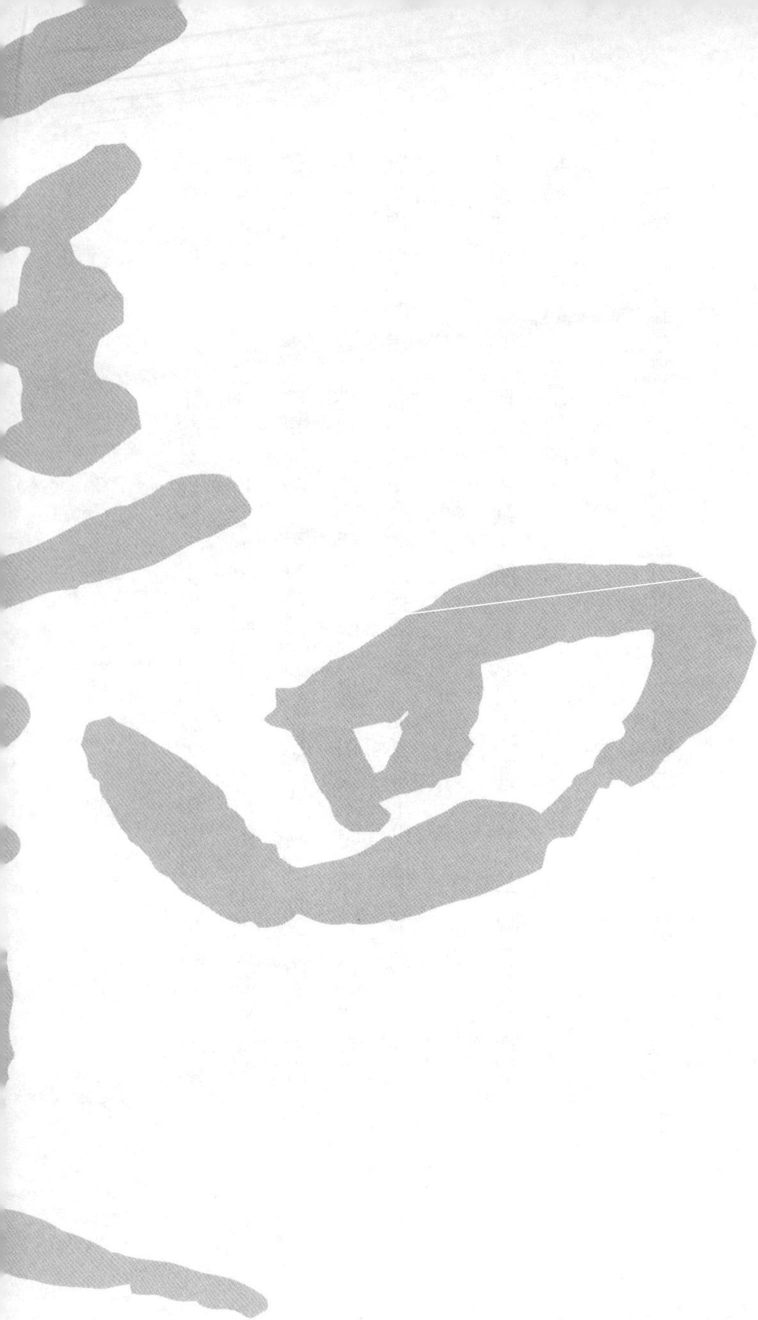

第二輯

「情話」綿綿

滿足

在愛河中的人最滿足

常有「××是什麼？」的問題。「滿足是什麼？」人的慾念既然無止境，這個問題也應該沒有答案，因為在人的感覺上，根本沒有滿足這回事。

這裏所提出的「在愛河中的人」，指有真正愛情的男女，真愛情，真正的愛情。

可以作反證：相愛的男女，是否滿足，可以用來檢驗愛情是不是真正的愛情！滿足的，是真正愛情；若有不滿足，就算只是半分不滿，愛情的真正程度，就值得懷疑，不是那麼可靠。

真正沉浸在愛河中的人，對自己的愛情，感到滿足，舉個例子：一個女性，她愛的人，老、窮，忽然有又年輕又富有的追求者，她竟然視而不見，愛情不移。愛情不移的原因是她有真愛，真愛是可以使她不移的原因，是由於在真愛中，她滿足，既然已經滿足，何必再愛別的？根本不愛多一點，好一點了！

滿足是福，所以，有真愛的人，幸福無比。

關心

可用以檢驗愛情

當男女雙方，互相愛慕時，自然而然，對對方有極度的關心。關心的程度無限——雖然才分手，可是打一個電話，遲了幾秒鐘來聽，心頭就會怦怦跳：怎麼還不來聽？其實，一點事也沒有，就是關心，無時無刻不在想念，若是能聽到對方的聲音，見到對方，不會錯過任何一個機會；就算不可能，在別人口裏，聽聽有關對方的一切，自然也會心頭絲絲發甜。

至於對方有什麼難處，身體上有什麼不適，那更是無微不至地關懷、呵護，恨不得把對方的難處，移到自己身上，把對方的病痛，轉到自己這邊來。

如果沒有這種感覺，根本沒有這種關心，那麼，對不起，那一男一女，不論多麼親熱，不論互相之間說了多少遍「我愛你」，在他們之間，愛情並不曾真正地、熱烈地存在過！

如果非但沒有，而且，竟然對對方的壞處境有厭惡感，聽到對方訴苦，竟然不耐煩，或者挑剔，那更加對不起，這一雙男女之間，絕無愛情，形同陌路。

關心，是檢驗愛情的唯一標準！

砂子

再小，也揉不進眼睛裏。

眼睛是人體器官中構造十分複雜的一個部分（人體器官其實每一部分，都複雜無比，單是一根頭髮，就不知道可以研究出多少問題來），誰都知道，眼中絕對無法容納下任何雜物，砂子，再小，一進入眼睛，人就會極度不舒服，不把砂子弄出來，簡直無法活下去。

有砂子進入眼中，會痛苦，把砂子弄出來了，過不多久，就會一切像是沒有發生過一樣。

有把男女愛情，比喻作眼睛不能容砂子的情形，比喻可以說相當貼切了，所不同的是，愛情中如果曾有砂子侵入過，要把砂子剔除，極其困難，必須雙方真誠努力，才能達到目的。

而可怕的是，即使砂子剔除了，也不可能和以前一樣，不可能是「什麼事也沒有發生過」，而是「曾經發生過，現在好了」。

雙方若是同心協力，真心誠意，情形尚且如此壞，若是其中有一方，不那麼真心誠意的話，砂子的陰影留着，會迅速膨脹，像是妖魔鬼怪一樣，不消多久，就變成了更大的砂子。

最好，當然是不要有第一粒砂子，再小的，都不要有！

挑剔

兩情相悅時，什麼都是好的。

男女雙方，兩情相悅時，什麼都是好的，缺點也變優點，醜的也變美好，絕不存在雙方之間的挑剔——包括性格上的挑剔和身體面貌上的挑剔。

這種心理現象，中國人早就有一句話來形容：「情人眼裏出西施」，比西方的形容：「愛情令人盲目」好得多。愛情決不盲目，看得清清楚楚，只不過看出來，和沒有愛情的人不同，沒有愛情者看出來醜，有愛情者看出來美而已。

所以，男女雙方，一到了互相挑剔時，那必然是雙方的愛情已大有問題。

所以，男女任何一方，一到了挑剔對方時，主動挑剔者，對被挑剔者的愛情，也需要大加懷疑。

曾經有過愛情而又消失了的男女（有這樣經歷的男女太多了）都不妨想一想，今日一看到就討厭的動作，一聽到就刺耳的言語，當日曾經帶來過多少歡樂和欣賞？同樣的話，同樣的動作，同樣的人，可是感受上就大不相同，這就是愛情存在和愛情消失在作怪。

你的情人對你挑剔？是才開始還是已經很久了？還是根本沒有？

波折

可大可小變化無端

至少四十年前，有一首流行歌，叫《愛的波折》，男女合唱，還記得開頭的兩句是：「有人對我說」、「說什麼呀」，十分有趣。

愛情，能沒有波折嗎？只怕不能。也很難想像如直線般的愛情，甚至認為，那種平淡的感情，不能算是愛情，愛情是一種激情，起伏變化，毫無規律，愛河之中，若沒有風浪波動，真是難以想像！

愛情的波折之大，可以大到什麼程度呢？答案等於是：無限大——大到相愛的一雙男女，可以反目成仇，從愛變成恨，往往極愛，變成極恨。小，自然可以小到一秒鐘就又風平浪靜。

愛情的波折，就算最大，也可以過去，不過，過去了之後，就比以前不同，必然不同，有可能比以前了解得更深，愛得更深（以迎接再一次更大的波折），也可能比以前不如，淡了下來（那十分可怕，因為大多數的情形之下，只會愈來愈淡，淡到自然結束）。不論是更濃還是更淡，都會和以前不同。

這就是愛情吸引人前仆後繼的原因之一。

不變

世上決無「不變」這回事

近幾年，很流行「不變」這個詞。是從一個承諾流行起來的——誰都知道這個承諾絕不可信，因為世上決無「不變」這回事。

世上任何事，任何物，任何人，都在變，不斷地變，只不過有的變得快，有的變得慢，有的變得花樣百出，叫人看得眼花撩亂，有的變得十分單調，叫人以為一直如此。那只是變的方式不同，絕不是說這些人、事、物不變。

地球上的一切，宇宙中的所有，都在變。高山上的岩石，何等堅硬，也要變，大海中的海水，何等浩渺，也在變。人比起來，渺小之極，自然從精神到肉體，也不斷在變，甚至一億分之一秒前，和一億分之一秒後，都不同？都已經變了！

明白了世上沒有「不變」這回事，自然也可以知道，所謂「永恆」，相當不可靠，連永恆本身，也在變化——變幻才是永恆。

追求不變的永恆，或許比夸父追日更悲壯，卻只有悲劇結束，不會有奇蹟出現。

在變幻中追求快樂，倒很多時候，可以達到目的。

變化

千真萬確，愛情會變化的。

重看徐志摩和陸小曼的作品，志摩日記、愛眉小札，當時，徐陸兩人的戀愛，真可以說是驚天地，泣鬼神，別說那時只是民國十三、四年，就算放在現在，一個著名詩人、文學家，公然追求一個有夫之婦，也足以成為轟動的新聞了。

「陸小曼的丈夫是畢業於美國西點軍校的一個將軍。」

當徐、陸轟轟烈烈談戀愛的時候，他們用文字表達心聲，傾吐愛意，留下了他們互相之間相愛深刻的證據。他們之間的愛情，絕對不容懷疑，在當時，都等於付出了整個生命！

如果我們的愛情，不是以他們終於能結婚的喜劇形式收場，而是根本不能結合，那麼，這段愛情，自然歷久長存，與天地日月同歲。

可是，他們衝破了無法想像的困難而達成了喜劇收場，有情人終成眷屬，那應該是最美滿了吧？可是沒有多少年，他們間的愛情就起了變化，千真萬確，就算是真誠熱烈，真真正正的愛情也會起變化的。

徐志摩死於空難，終年只不過三十六歲，留下的作品極多，都精彩之極。

悲喜

喜兮悲所倚

徐志摩、陸小曼的熱戀，以喜劇告終，但是結婚之後不幾年，愛情便已有了變化。在這時候，徐志摩因飛機失事罹難，一個悲劇發生。但是這個悲劇，卻也可以當作喜劇來看，因為根據徐、陸兩人之間當時的情形，發展下去，他們之間的情意，不但可能會變到蕩然無存，而且可能，由極美麗，極激盪人心的熱愛，一直演變為極醜惡，極令人噁心的仇視。

現實中有太多從可以共生死的熱戀到恨不得將對方置於死地的痛恨那樣的轉變，但如果這種轉變，發生在徐、陸兩人身上，那未免太叫人傷心了，會叫人懷疑：天下，人間，是不是有真的愛情？

喜劇收場和悲劇收場，是互為因果的。當初，如果不是喜劇收場，就不會有日後的悲劇。如果沒有悲劇收場，喜劇收場也會自然而然，形成更悲慘的結局。

好作奇想：徐志摩如果在那次歐遊時撞死，他和陸小曼的戀愛，必然會更驚天動地，更加為人千古傳誦吧？

而當他乘風歸天時，愛情已經起了變化，也好，至少叫世人明白了愛情會變的真理。

長短

長痛不如短痛

男女相處時，在一開始時，總是情濃如漆，難分難捨的，要不然，也根本不會聚在一起，本來是陌生人，認識了，情投意合了，才會有共同相處的情形出現。但這種如膠似漆的情形，什麼時候開始變，或是永遠地維持下去，那都無法估計，沒有人能知道。

說簡單一點，以後的事，將來的事，無法預知。任何事都無法預知，自然也包括了男女之間相處情形的變化在內。

曾經轟轟烈烈熱戀的男女，可以在極短的時間之內，冷卻熱情，冷得比從來也沒有發生過戀情還冷——有時是雙方同時冷，更多的時候，是一方冷了，一方不冷。

在一方已冷，一方不冷的情形下，不冷的一方，必須勉強自己，也迅速變冷。這種勉強自己變冷的過程，當然十分可怕，而且極其痛苦，但卻絕對必須，有了這個過程，才有日後的生命。

長痛不如短痛，未冷的一方，只有在長痛或短痛之中，任選其一，若是硬要選擇長痛，當然也可以，但那是自己殘害自己，已冷的一方會來同情呵護嗎？絕對不會。

選擇短痛吧！

短痛，很快就會過去的。

重圓

破鏡重圓，極之困難。

俗語有「破鏡重圓」之說，但實際上，是不是會有那種重圓的情形出現，只怕困難之極。鏡，自然只是一種象徵，象徵男女之間完全無距的感情，一旦鏡破了，就象徵男女之間的感情，有了裂痕。

在絕大多數的情形之下，男女之間的感情，一出現裂痕，這裂痕只有愈來愈大，愈來愈深，結果，發展到了完全破裂的地步。

過去，人的感情不如現代那麼解脫，被包紮在種種的規範之中，就好像有許多箍，把裂痕箍起來，看來不破裂，實際上早已分成了兩半。現在，規範已減少到了幾乎沒有，所以，一旦發展到了破裂的程度，也就順其自然，必定變成了兩半。

既然成了兩半，怎麼還能重圓呢——若是可以重圓，也根本不會成為兩半，這是因和果的關係，愛情重合不重分，能合，自然最好——最好是不破，一旦破了，破就破罷，不必希冀重圓。

雙方希望重圓，尚且不能，若只是單方，更是悲劇之始。

算計

機關算盡太聰明

人際關係之中，很多都需要好好算計，耍手段，定方針，不動點腦筋，無法應付。可是只有愛情關係，最好不要計算那麼多，更不能玩手段。

原因之一：在愛情生活之中，一加上了計算和手段，愛情必然變質，本來可以盡情享受的，由於不斷在計算和玩手段，其結果，不是享受程度打折扣，而是完全消失，這絕對可以肯定。一開始就已經等於沒有，只有白癡才會做這種事。

原因之二：再計算，手段玩得再高明，還是會有算不到，把握不到的情形出現。一男一女的愛情，看來簡單，但實際上，複雜得千變萬化，而且變化來得快絕，在很多情形之下，迅雷不及掩耳，不論計算的人多麼聰明，機關算盡，到頭來，必然是人算不如天算。

算過了而失敗，痛苦程度在不算而失敗之上。手段耍盡而失敗，比不耍手段而失敗痛苦，何必自找痛苦？

原因之三：你算，對方也會算，變成了爾虞我詐，普通的感情生活，在這樣的情形下，也變成了鬧劇，何況是愛情？

不必算計，該怎樣就怎樣，只好聽天由命。

刺傷

被刺傷的心，很難痊癒。

被異性刺傷的心，很難痊癒。有很多方法可以令異性傷心——男人令女人傷心，女人令男人傷心，情形都一樣。若然不是有意要令異性傷心，而結果，卻使異性感到了刺傷，那是人類許多笨行為之最。傷了對方的心，有什麼好處呢？非但一點好處也沒有，而且還有極度的壞處，要是明白了後果，再笨的人也不會那麼做。

可是偏偏在做的時候，怎麼對他或她說，都不明白，非做不可，結果，傷害了對方，受損失最大的是自己，這種例子太多了，有時，發生在情愛分明極濃的男女身上，真是冤枉之極，也構成了真正悲劇。

悲劇的因素之一是：事情明明可以不是那樣的，應該不是那樣的，可是結果，偏偏陰差陽錯，變成那樣了，這就是悲劇。

自然，悲劇有它後面的背景，固執、橫蠻、愚蠢，等等，都是形成悲劇的因素，其實，在努力促成悲劇之後，還會以為真的十分喜歡悲劇的形成！

除非是故意的，不然，絕不要去刺傷異性的心，傷勢很難痊癒，就算痊癒了，也必然會有疤痕，永遠的疤痕！

吃醋

天下最可愛的女人，就是不吃醋的女人。

不知是何年何月了，一些人酒酣耳熱，高談闊論，座間有人問：用最簡單的話，形容天下最可愛的女人，當下就叫出了這一句話。

那是純男性本位的話，此話一出，所有在場男性，莫不舉杯，表示同意，而且紛紛發言，形容吃醋女性的種種喪失理性的行為和可怕程度，來證明若是有女性，居然不吃醋，那必然是天下最可愛的女人。

眾人討論之際，腦際忽然靈光一閃，又高叫：

不吃醋的女人，滿街都是！

聽到的人愕然，這時解釋：滿街都是女性，誰來吃你的醋，誰來理會你做了什麼什麼？女性是吃她關心的人的醋，對於漠不相識，毫不關心的人，才不會有一絲一毫的醋意！

問題是你願意女人吃醋呢，還是願意女人不吃醋？

在座男性若干，平日都頗為伶牙俐齒，那時卻噤若寒蟬，無人答得出這個問題。

或許是問題太複雜了？

君子

心裏妒火中燃，表面若無其事的男人是君子。

前一篇，曾論及女性吃醋，吃醋，人之天性，男女都一樣，男人就不吃醋嗎？吃起來，也很可觀。所以，心裏吃醋吃得要死，而居然還能在表面上裝出若無其事的樣子來，那麼，這個男人，肯定是君子。

做君子很痛苦，還是做小人好。

做上述情形的君子，十分痛苦，所以，沒有多少男人願意做，絕大多數男人，還是選擇做小人，或臉紅耳赤，或破口大罵，或動手動腳，甚至揮刀揮槍，皆屬小人行徑，既然打定了主意做小人，也就豁了出去，可以無所不用其極，發揮吃醋的本能。

自以為男性吃醋，只是為了面子問題，其實並不，很多情形之下，女人靠男人努力工作而生活，卻反和別的男人去親熱，這是男人最不能忍受的一點。如果倒轉過來，受女人供養的男人，只怕就沒有什麼吃醋的資格。

馬克思說：資本主義社會中一切人際關係，都是金錢關係。男女關係，自不能例外。

容忍

能容忍前，不能容忍後。

男人的容忍程度，也隨着時代在改變，有很大的突破和不同。以前，男人普遍要求自己的女人是處女，要自己是這個女人一生之中，唯一的男人。

現在，要求自己所愛的女人是處女的男人，自然還有，可是比例上，大抵所佔甚微，一般來說，對所愛的女人以前的性伴侶，不會再感到什麼不對頭，也不會追究，最多只是好奇地探問。

（女性注意，如果你現在的男人問起你以前的事，最好的回答是：「根本忘記了」，或者「全都不及你，差遠了，誰記得！」若是說了實話，那愚不可及。）

（女性也要注意，男人若是老問以前的事，這個男人，殊不可愛。）

但是，現在的男人，還是十分在乎在他以後的一切。若是她和他還沒有分手，她有了他之外的男人，哪怕只是拖手摟腰，也會使他無法忍受，更不必說其他行為了。

以前，或以後，大不相同，女性必須弄清楚這一點。

自然，一切論點，皆以她其實還要他為前提，若她根本不要他了，管它前還是後，當面都可以了！

過去

任何人無權計較他人的過去

任何人都有過去，任何人也都有權把自己的過去當作秘密，當作純私人的記憶，這種記憶，完全有權鎖在心中最隱秘之處，不和任何人分享。任何人也無權計較他人的過去。

通常來說，一個人計較另一個人的過去，這兩人的關係，一定都異常密切，更通常的關係是男女的愛情關係。或者有人會說，難道不能知道情人的過去嗎？難道成了夫妻之後，妻子無權計較丈夫的過去嗎？丈夫也無權計較妻子的過去嗎？

答案是：無權。

愈是關係親密的男女，愈是無權。

他或她的過去，若是可以給她或他知道，他或她一定早已說了。一直不說，必有原因，再真誠相愛的男女主角，也會有一點點屬於個人的秘密，不是完全無關的，他或她若是拚命去追索，去計較，甚至東打聽西追問，想知她或他的過去，弄得一清二楚，那是最蠢笨的行為。

這種笨行為的結果，只有一個：傷害了對方，也傷害了自己。

秘密

人人都有秘密

相當久之前，看過一篇小說，一雙夫婦，婚後數年，妻子一直為一件事煩惱——丈夫的書桌上，有着一隻鎖着的抽屜。於是妻子就千方百計，想知道那抽屜中有什麼秘密，由暗示而明示，要丈夫打開來看。而丈夫就是不肯打開，於是妻子就發揮了女性的想像力，豐富之極，去設想那抽屜中是什麼……結局如何，不是很記得了，那並不重要，重要的是，這篇小說可以說是一個寓言，說明了一樁事實：

人人都有秘密，即使是最親近的人之間，也互相都有不想被對方知道的秘密！

千方百計去把別人心中的秘密發掘出來，不但是最愚蠢的行為，而且是極可怕的行為，愈是想去發掘關係親密的人的秘密，就愈是愚蠢和可怕。

不但人人都有不想人知的事，人人也有權保留自己想保留的秘密。

而事實上，人人都有能力保守自己想保守的秘密，再嚴酷的「逼供」，再精密的調查，都無濟於事。

別去打探他人的秘密，不管這個人是你的什麼人！

因素

商業社會的鐵律加入男女關係

在討論男性、女性對於性伴侶的外遇問題時，很有趣的一點是，發現男人的容忍程度，絕對在女性之下。其間因素相當多，相當重要的一點，是經濟因素。在商業社會中，這一點尤其重要。

試想，當女人的衣着、打扮、一切，全來自男方的供給，而供給來自男方的工作，這個女人常打扮得漂漂亮亮，去和別的男人打情罵俏，甚至談情說愛，上牀性交，男人可以容忍者，未之有也。

靠女人供養的男人可以容忍，原因也相同，經濟因素造成了一種主、從關係，「從」為「主」所有，這是商業社會鐵律，也自然而然，加入男女關係之中。

或曰：這樣說，不是否定了男女關係中的愛情因素了嗎？

說得很好，事實是，女人如果愛一個男人，就決不會有和別的男人去勾勾搭搭，一旦女人起了貳心，或是對別的男人大感興趣，對別的男人的殷勤或追求感到興奮，那已是她對原來男人的愛情褪色的時候了！

物必先腐，而後蟲生！

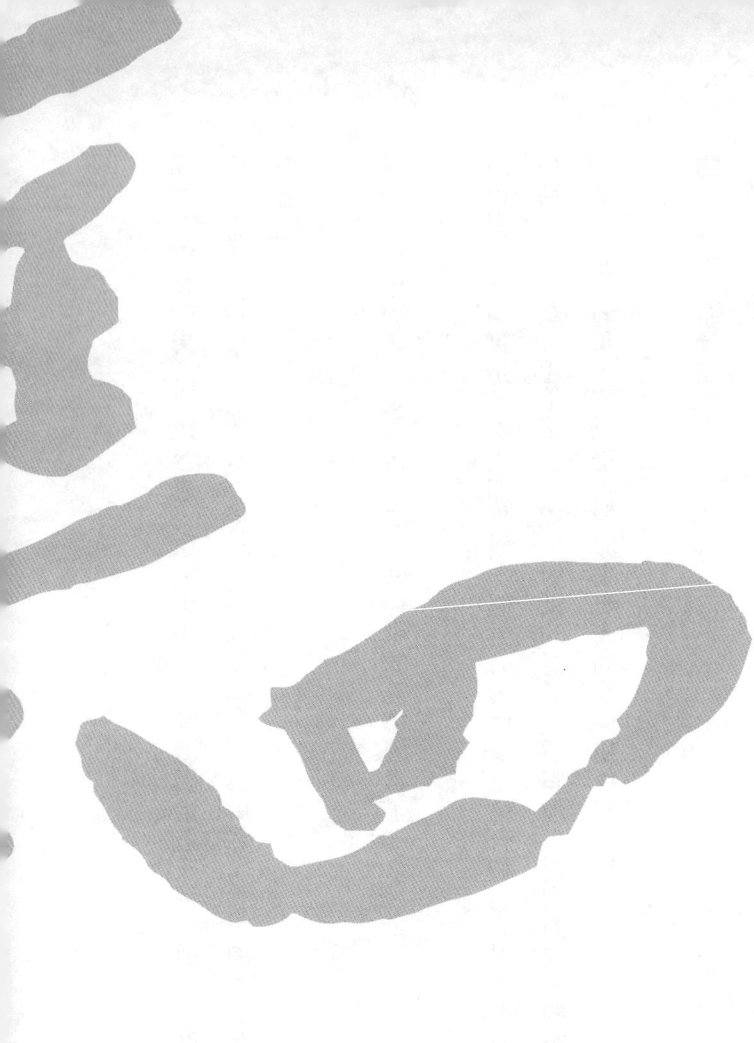

第三輯

男女

情誼

只好說是緣

人與人之間的情誼，究竟是怎麼產生的？這不是科學家研究的課題。科學家是說不出所以然來的，文學家也至多只能描述情意相投的一些人之間的情形，道理何在，一樣說不上來。

說起來，只有一個「緣」字可以解釋，但，緣，又是什麼呢？一樣說不上來。

但人們對緣，總是有一定的認識的，雖然認識模模糊糊，但有緣人相聚，這一點是大家都知道的。無緣，就算日日相見，也如同陌生人；有緣，一生之中，只見一次，回想起來，也迴腸蕩氣，其味無窮。

情誼，倒不止於異性，同性之間，情誼濃起來，可以不遑多讓。現代社會之中，有人說，人際關係之中，已沒有情誼這回事了。其實一樣有，只不過現代生活使人習慣於把自己掩遮起來，自然難以遇到有緣人，緣是雙方同時感到時才產生的，兩股電線相碰，才會有火花迸射，只有一股，始終只是一股。

不必說什麼珍惜情義這類廢話，有情誼的人都知道，沒有情誼的，說了也等於白說！

吸引

表面的也可以了

男女之間，喜歡和互相吸引，是十分容易發生的事，互相吸引喜愛，自然不等於愛情，但卻是愛情之始——互相喜愛吸引，可以發展成為刻骨銘心的愛情，也可以是止於互相喜愛吸引，這期間，並沒有什麼規律可尋，也不必依靠什麼努力，該會發展的，自然會發展；不會發展的，再努力也沒有用。

如果覺得刻骨銘心的愛情是一種太沉重的感覺，不能輕易負擔的話；互相喜愛吸引，也是一種十分佳妙的境況。同樣可以深入在心理或生理上得到相當程度的滿足，在某種程度而言，甚至更符合現代生活的節拍——這或許正是喜歡吸引的情形愈來愈多，而熾熱的愛情愈來愈少的原因之一。

互相喜愛吸引的男女，可以做任何事，甚至也可以正式結婚，有互相喜愛吸引作基礎，已經可以令得男女之間的任何事都美麗得很的了。自然，都觸及不到雙方靈魂的深處（文學上「靈魂」），但是每個人的靈魂深處不是那麼容易觸及的，可以不觸及而又同樣有快樂，有何不可？

有何不可？

複雜

無窮的大變化

男人和女人，簡單起來，只不過是男人和女人而已。可是複雜起來，發生在男人和女人之間的事，可以千奇百怪，千變萬化，隨便舉多少例子，還會有不知多少例外，男女的組合變化數字，簡直是無窮大，成為人類生活之中最多姿多彩的一部分。

單說男女的分和合，情形就有無數種，合的原因上億種，分的理由也上億個，每一對男女，各有不同，無一相類，而且妙的是，這一對男女分的原因，有可能是另一對男女合的理由，顛倒有一至於此者，難怪古今中外，絕對沒有什麼公式定理、語言文字可以解釋男女之間的關係的了，只好各憑自己性格來行事。

也正由於如此，作為局外人，若是勸要分的男女合，或是勸要合的男女分，一定一點用處也沒有，因為那純粹是局中人的事，局中人心中所想，實際所受，局外人認為清楚得不得了，但實際上，至多只是萬分之一，就算局中人聲稱盡情傾訴，也必然有更多的隱瞞，更何況有許多感受，只有身體中的感覺細胞知道，絕無法用任何語言文字表達出來的！

男人和女人，多複雜的關係！

熾情

和順利與否成反比

一對知名人士結婚，報上刊出了他們的結婚照片，衷心祝福他們，有情人終成眷屬，總是好事，重要的是終於可以長相廝守了，結婚與否的形式，倒還在其次。

長期的相戀過程，如果並不順利的話，在大多數的情形下，愛情之路愈是坎坷，情愛的熾熱也愈甚，兩者之間成反比例，很少有例外。

反倒是道路平坦，風調雨順，一點阻礙也沒有，就會覺得乏味，常見戀愛了好幾年的男女，忽然無聲無息分了手的。可能是人天生有喜歡克服困難的天性，愈是困難，愈是想去爭取？在爭取的過程之中，痛苦和快樂混而為一，反倒提高了快樂的層次？

男女間的情愛，自然全是主觀的——只顧自己，不顧他人。情愛不是慈愛，沒有道理犧牲自己，成全別人，總是盡力爭取自己的快樂的，沒有什麼不對，因為情愛本來就是這樣。

所以在情愛的糾纏中，其實根本沒有所謂「第三者」，或者，對「第三者」可作新的詮釋：沒有人愛的，才是第三者，那兩個，是相愛的，才是當事人。

公開

愛情其實是很私人的

近來，我看到有些「公開示愛」的例子，不知道別人對這種事的看法如何，總覺得除了滑稽之外，沒有別的感覺——或者，厚道一點，可以稱之為有趣。

公開示愛是不是會起到作用？若是一雙男女之間根本沒有愛情的，都肯定不會有任何作用，包下所有電視台的所有廣告時間，去大聲疾呼「我愛你」，只怕作用也一樣不大。

而已經有了愛情的，又何必公開示愛呢？愛情其實是十分私人的，他愛你，你愛他，就已經是全部，一定要全世界人都知道你們在相愛，只怕也沒有什麼好處，反倒干擾了原應私人的愛情。

一般以為愛情的可能有許多種，但那絕對是一種陳辭，愛情只有一種，別無分支，方式可能有所不同，皆依當事人的性格而定，但是原則是絕對不變的，想要花樣翻新，結果一定是逸出了愛情的範圍，變成了不知所云不知是什麼的怪現象。

享受兩人之間，極度個人的愛情，這是每一個懂得愛情的人一定懂得的，反之，除了說不懂愛情之外，別無他評。

示愛

私下或公開都一樣

有女性公開表示她愛某一個人，有嗤笑者。

何至嗤笑之有？公開示愛並不是男人的特權，只要是人，就可以公開示愛，女人自然也可以！

或者說，公開向甲示愛之後，就不會再有乙、丙、丁等人的追求了！這更可笑，會公開向甲示愛，自然再也不在乎乙丙丁等閒雜人等的追求，不然，也不會有公開示愛之舉了，閒雜人等追不追，與之何干？

公開示愛，是一種坦誠熱情的行為，不論通過任何傳播媒介、通過任何方式，皆無不可，若然有人非議，只管讓人去非議好了。

不過必須明白的一點是，公開示愛，作用不大，收不到什麼效果。至少，絕不會比私下示愛更有用。異性若是對你有愛意，私下示愛也可以達到知會對方的目的。異性若是對你根本沒有愛意，利用人造衛星，讓全世界人都知道的公開示愛，也不會有用處。

問題不在於私下或公開，是在於對方對你的感覺如何，這自然形成了一種誤解：公開示愛只有笨人才做，其實不然，一樣的。

試探

有一種是最笨的

人類的異性間互相吸引，和別的生物略有不同——本來是一樣的，但自從若干年前，人類披上了文明的外衣之後，就改變了，變得不那麼直接，而有一個小心翼翼的互相的試探過程。

這種試探過程，在某些昆蟲之間，倒還可以看到一些梗概。有不少昆蟲有着觸鬚，當雄性和雌性相遇之際，會先各自用自身的觸鬚，和對方的觸鬚接觸，起先是緩慢地、含有戒心地，漸漸就大膽了，頻繁了，就像一對初相識的男女，互相對對方有意，淡淡的語言，一個互望的眼色，一個不經意的小動作，雙方之間，就有千百根無形的觸鬚，正在忙碌地進行着試探的工作。

這種試探，是一種純粹的試探，並不想證明什麼，只是想找出是不是也像自己喜歡對方一樣，對方同樣也喜歡自己。

若是連這一點試探都沒有結果，自然不會有下文了，而這初步的試探，也因人而異，有各種不同的進行方式。其中最蠢笨的一種，是明明心中有意，卻一直只維持在初步的試探階段，愚不可及。

實實在在在懷中

惟有歸來是

別說古人不知道男女相戀，身體接觸不重要，只有現代人才計較相擁相親的身體歡愉。其實，男女相悅，要求身體相親，不要兩地相思，那是人的天性，一切精神至上，戀愛純潔的「純情」，全是廢話，或是心理、生理上不正常的人所發出來的囈語。

歐陽修《青玉案》詞中就有這樣的句子：「相思難表，夢魂無據，惟有歸來是。」

那是一雙男女，分處兩地時，一方（是男方、是女方都一樣）對另一方發生的怨言。兩地相思，你說多麼多麼想我，我說多麼多麼想你，豈不全是廢話？那種相思話，講了又有什麼用？又或者說什麼魂牽夢繫，相思得魂飛魄散，更是超級廢話，又能證明什麼？

能證明男女間有愛意存在的，「惟有歸來是」，相思話兒說上一千遍，一萬遍，為什麼不到身邊來呢？只要雙方能相擁相親，確定一方結結實實，的的確確，是在另一方的懷中，就是沒有半句相思話兒，又有何妨？

什麼都是假的，相親相愛的人，總要在一起，不然，相思縱使迴腸蕩氣，卻不免浪費了生命做代價，不值之至。

及時

一滴何曾到九泉

在古龍的墓前徘徊，想起了高菊磵的詩句：「人生有酒須當醉，一滴何曾到九泉」。摯友生前，快意江湖，一年三百六十日，無日不在醉鄉中，倒也不枉了在人間走了一遭。如今，雖然有美酒殉葬，但是不是還能痛飲如鯨，卻誰也不知道了。

不單是酒，萬物萬事，都可作如是觀。能及時享用時，不妨盡情享用。酒是「一滴何曾到九泉」，情又何嘗不是「一分何曾到九泉」？有情之餘，不去盡量享受情愛所帶來的甜蜜幸福，別說到九泉了，就算在生，一旦有了變化，再上哪兒去找昔日的情意去？

所以，能有的時候，盡量抓住，不必為了將來的、不可捉摸的希望而浪費一分一秒，黃遵憲的山歌就道盡了這等情懷：「人人要結後生緣，儂只今生結目前，一十二時不離別，郎行郎坐總隨肩。」

今生是實在的，來生是虛渺的，今天是實在的，明天是虛幻的，今天，兩情相悅的人在一起，就要把握每分每秒，郎行郎坐，總要隨肩，不可須臾分離。

這道理，有情人其實早已懂得的了。

得到和得不到

最愛的是得不到的

有一部電影，寫一男二女，男的只能娶一個（現代法律的規定），心中不能肯定最愛的是誰，很有遺憾，自然在男的心中，最愛的不是妻子，而是沒能與之結婚的另一個女子……看來十分浪漫。

愛的不是結了婚的那個，而是未曾結為夫婦的那個。這種情形，十分普遍，不但發生在男性身上，也可以發生在女性身上。可是其間的因果關係，卻很少人去深入研究一下。

因果關係是：並不是愛的一定是婚外的那一個，而是婚內的那一個，必然會變成不愛的。

得到的，再好也不會稀罕。

得不到的，一定是最好的。

物是如此，人也是如此，所以和兩個異性哪一個好、哪一個壞無關，和哪一個值得愛、哪一個不值得愛也無關，只和得到和得不到有關。

成了夫婦，日夕相對，一切醜惡無從掩飾，一切衝突無從避免，一切新鮮變成厭倦。而在婚外的，不存在那些問題。

最愛的，自然而然，是得不到的那個了！

分手

男女間最普通的事

很有趣，近期流行的歌曲，有兩首，歌詞是完全相反的。一首是《再坐一會》，另一首是《滾開，速滾開》。寫的同樣是男女分手的情景。

男女要分手了，是再坐一會好呢？還是速滾開好呢？這是沒有定論的，全然看當事人的性格來決定，絕沒有一定的公式，各種不同性格的當事人，決定各種不同的分手方式，有「再坐一會」式，有「速滾開」式，有「揮手」式，有「拖泥帶水」式，有「揮刀相向」式，種種，要舉，可以舉出幾百式來。

不論有多少式，都可以稱之為「分手式」，分手既然已成定局，無可挽回，「再坐一會」有什麼意思？「速滾開」也大可不必，分手就是了。

男女分手，和男女相愛一樣，全是男女關係之中最普通的現象，一點也不必大驚小怪，也不必當作世界末日，視為必然過程可也——世上哪裏真有什麼至死不渝的男女情愛？就是有，也是少之又少，不是尋常人所能寄以奢望的事。

尋常人，有尋常人的感情，有尋常人的感情變化，無可避免者也！

最愛的，自然而然，是得不到的那個了！

控制

能控制，也還是放棄好。

一位在感情上極度失意者感歎：「一個人一生之中的悲歡離合，如果能由心控制，那就好了。」聽到他這樣說的人，自然都以為他在異想天開，絕無可能。

若是真可以由心控制的話，那麼任何人都會只選擇一個「歡」字，其餘一切皆可不論，離、合只不過是一種現象，並不重要，離可以歡，也可以悲；合可以歡，也可以悲，所以重要的只是：歡。

但如果一個人的一生之中，只有歡這一種感覺，那麼，在某種程度上而言，也可以說他根本沒有歡。因為若沒有了悲來作比較，如何能知道歡之所以為歡，是和悲大不相同的呢？

人一生下來，就承受大氣壓力，大氣壓力的力道相當強，可是不會有什麼人覺察到這種壓力的存在，就是因為一直有這種壓力存在的緣故。一個人的一生之中，若只有歡，就等於無歡，道理也在此。

所以，就算悲歡離合，可以由心控制，也還是放棄這種控制能力，聽其自然的好，若當真由心控制起來，想來一定無趣得很，不會像如今生活那樣，變化無常，多姿多彩。

廢堆

心理上的感覺不是事實

蔡楓華的歌曲中有「無人觸摸似廢堆」之句，一日，幾個人討論這句詞，有注重語句文法者稱：這句話文法上不通，所以，應該理解為「似廢堆般無人觸摸」——誰會去觸摸廢堆呢？

（「廢堆」這個詞，未見有任何出典，即使在方言之中，也不常見，但是一出現，就很可以被接受，聽到、見到的人，都可知道那是什麼，這已達到了文字或語言的目的了，不必深究。）

廢堆，固然無人觸摸，但原句還是完全可以理解的：本來不是廢堆，甚至如珠如寶，如玉如珍，但由於沒有人觸摸，在心理上，就成了廢堆——不是真正的廢堆，但又成了廢堆。自然比完全合乎文法的詞句好得多，因為從好幾層地表現了一個空虛的心情（絕對空虛）！

為什麼珠玉寶珍會成了廢堆呢？自然是失去了一次愛情之後的結果，這種心情，凡驟然失去愛情的男女，都曾經歷過。

但，並不見真的在這一剎間，珠玉珍寶真的會成為廢堆，心情上的感覺，不同於事實，自己以為，不等於別人也以為，總有可以知道有珠玉珍寶的人在的。

惡俗

惡俗兼無恥，大是有福。

男女分手，本來是很平常的一件事，不幸而發生在公眾人物身上，自然倒必有一番渲染。近來所見到的例子，是愈來愈是惡俗，有惡俗到了超乎想像之外者。

自然，惡俗的行為，必然出自氣質本來就惡俗的人所為，可以說是在某種情形下的原形展現，和分不分手，反倒沒有多大關係。本來氣質淡雅脫俗的，在分手的表現上，也一樣清新可喜，十分得當。

惡俗的分手，包括互相惡詆對方，包括動武，包括兇殺——用兇器去殺傷，包括故意使對方難堪，包括各種需索，包括死纏爛打……等等下三濫的招數，排列起來，數量怎樣，盡皆相當驚人。

有一點不明白的是，在使用這種惡俗手段的人，難道自己竟然不覺得嗎？照說，做了這樣丟臉的事，稍有羞恥之心，以後怎麼見人呢？

但就是沒有半分羞恥之心，真好，對於自己所做的惡俗行為，沒有半分自責之意，這樣的人，真是有福氣得很，如果是有着羞恥之心的，只怕早已不能做人了。所以，還是惡俗兼無恥的好。

高傲

愛情領域中不存在高傲

常聽得一種說法，他，或她太高傲了，那樣得不到愛情。這種說法是錯的。

得到或得不到愛情，和是不是高傲無關，因為在愛情的領域中，根本沒有高傲這回事。

高傲在愛情之前，如雪向火，會被消融得一點也不剩的，沒有人能在愛情之前維持高傲，若竟然還維持着高傲，那只說明了一點：沒有愛情。

沒有愛情，自然可以維持高傲，甚至還可以維持冷傲，可以若無其事，可以有一切發自內心的屬於傲的表現，因為根本沒有愛情，自然做什麼都可以！

可是若有了愛情，那是心情緊張，手心冒汗，心跳如擂鼓，戰兢如上戰場，哪裏還有時間高傲，對方的一個眼色使來，滿地是泥漿，爬都要爬過去，滾都要滾過去，高傲？只怕沒有心思高傲了。

他或她若是都已有了愛意，他或她之間都不會再存在高傲——要想要做的事實在太多了，哪有空再去高傲！

聽起來，似乎庸俗了一點，可是事實確然如此，無可奈何之至。

白癡的故事

非認真不可

中國古代的愛情傳說故事中，很有些匪夷所思的在內，而居然能傳誦久遠，看來，除了說明中國人在傳統生活中根本不懂得男女愛情之外，還蠢笨得可以。

男女同窗共室三年，只因女的扮了男裝，所以不知是女子的故事大家最熟悉了。這故事並不是妙在三年之久不知同房者是異性，而是妙在一知是異性，就立即對之生愛，要娶她，娶不到，就要死要活。本來是對男同學的感情，霎時之間，可以「自動轉帳」，那麼男女之間的戀情，豈非滑稽得很。

而這樣的一個故事，居然便是愛情故事的代表作！

還有一個故事：男的約了女的在橋下見面，男的先到，等着等着，女的還沒來，潮水漲了，男的由於要守信，不肯離開橋下，叫河水淹死了。

這種故事，聽的人要是竟然沒有疑問，全盤接受，那麼這個民族也不會有什麼希望了！守信固然重要，但離開一下橋底，到橋頭上站着，又有何妨？女的來了，是看到男的站在橋頭高興，還是看到橋下一具浮屍高興？

或曰，只是故事，何必認真。

實在非認真不可，這種白癡故事，也被當作愛情故事的典範！

壞與笨

女人可以壞

女人，好，當然好。不好，壞，也可以。尤其是美女，既然美，壞一點，壞三分，都可以，甚至壞到七八分、十足，也自有可愛之處，因為她既是女人，況且又是美女，男性一樣會寶之愛之，疼之惜之，不會那麼斤斤計較，這是女人的特權。

女人可以笨

女人，聰明，當然好；笨，也可以。尤其是美女。既然美，笨一點，笨三分，又有何妨？就算笨七八分，笨到十足，也自有可愛處，因為既是女人，又是美女，彷彿也就自然而然有了笨的特權，再笨的美女，男性一樣會將她當成寶貝，有很多時候，說不定笨的程度和被寵愛的程度成正比例。

古龍在一篇小說中有名句，本意說：一個充滿了智慧的老頭子，可以在一個白癡一樣的美女前，也變成白癡。

美麗的女人笨，要緊嗎？一點也不要緊。

只要她真是美女就好。

不能兼有

女人不能又壞又笨

女人可以笨，女人可以壞。但切記切記，女人絕對絕對，不能又壞又笨。

壞是一種情形，壞女人，絕大多數聰明，至少，壞得聰明，於是就懂得什麼時候應該壞，什麼時候不應該壞，也懂得什麼時候可以壞到十足，什麼時候只能壞那麼兩三分。有些時候，非但不能壞，還要假裝好人，這就無往不利，雖然明知她在壞，也壞得賞心悅目，心曠神怡。

女人可以笨，笨的女人，大抵沒有什麼壞的心竅，只是笨，做錯事，說錯話，碰了釘子，闖了大禍，都只不過是因為笨，不是故意的，很多時候，她甚至努力要做得好，可是力有未逮，硬是做不好，也就只好徒呼荷荷，非戰之罪，笨得蠢態可掬，笨得驚心動魄，自然也大有可供男性欣賞之處。

女人若是又笨又壞，大抵是世界上第二種最可怕的生物了，明明笨，還要壞，因為笨，又不懂得如何壞，於是不知所云，一塌糊塗，即使美過西施，男人除非不知，不然，鮮有不退避三舍者。

記得：兩者只能擇一，不可兼有。

美人

很多女人說她難看，多半是出色的美人。

一個女人，若是在別的女人口中，「難看之至」，壞評潮湧，那不必見到這個女人，就多半可以知道，這個女人大抵出色之極，可以稱之為美女。其美麗動人的程度，和說她難看的女人的多寡成正比例，也就是說，講她難看的女人愈多，她愈是美麗出眾，幾乎萬試萬靈，很少例外。

這種情形，相當有趣，女人看女人，女人評女人，究竟是以什麼為標準的，十分難以猜測，自然是另有一套標準，不然也不會有上述的情形出現。在通常的情形下，特別的女人，都當作是自己的假想敵，這一種心態，大抵是普通的現象。

所以，如果有一個女人，別的女人在稱讚她，就大有問題了，列寧就曾說過，若是敵人大大稱讚你，那你一定是做了什麼蠢事了。

女人而被別的女人唾棄，即使成了女性公敵，非但不必難過，而且值得慶祝，因為這證明了她大是出眾，大是與別不同。

時代的悲劇

主動的女人多了，男人就變懶。

在兩性關係之中，女性漸漸趨向採取主動。這本來是一件好事，尤其對男性而言，節省時間、精力、金錢，大快人心。

可是，女性主動的情形普遍了之後，或是雖不主動，但是大是容易「勾引上手」的情形普遍之後，男性就會變得懶惰，不肯去追求女性了。

男性追求女性，本是一樁十分浪漫的事，雖然過程未必愉快，但總是很浪漫的，而今男性變懶，浪漫的追求，彷彿已成陳迹了。

男人變懶，真正的美女就寂寞。

男性一旦習慣了懶惰，真正的美女，就面臨寂寞——沒有男性追求她們。普遍的懶惰，使追求女性成了極度的奢侈，成了不合時代節拍的過時動作，而真正的美女又是需要追求的，和一般女性不同，所以，就注定了她們要寂寞。

這，或者可以說是「時代的悲劇」？

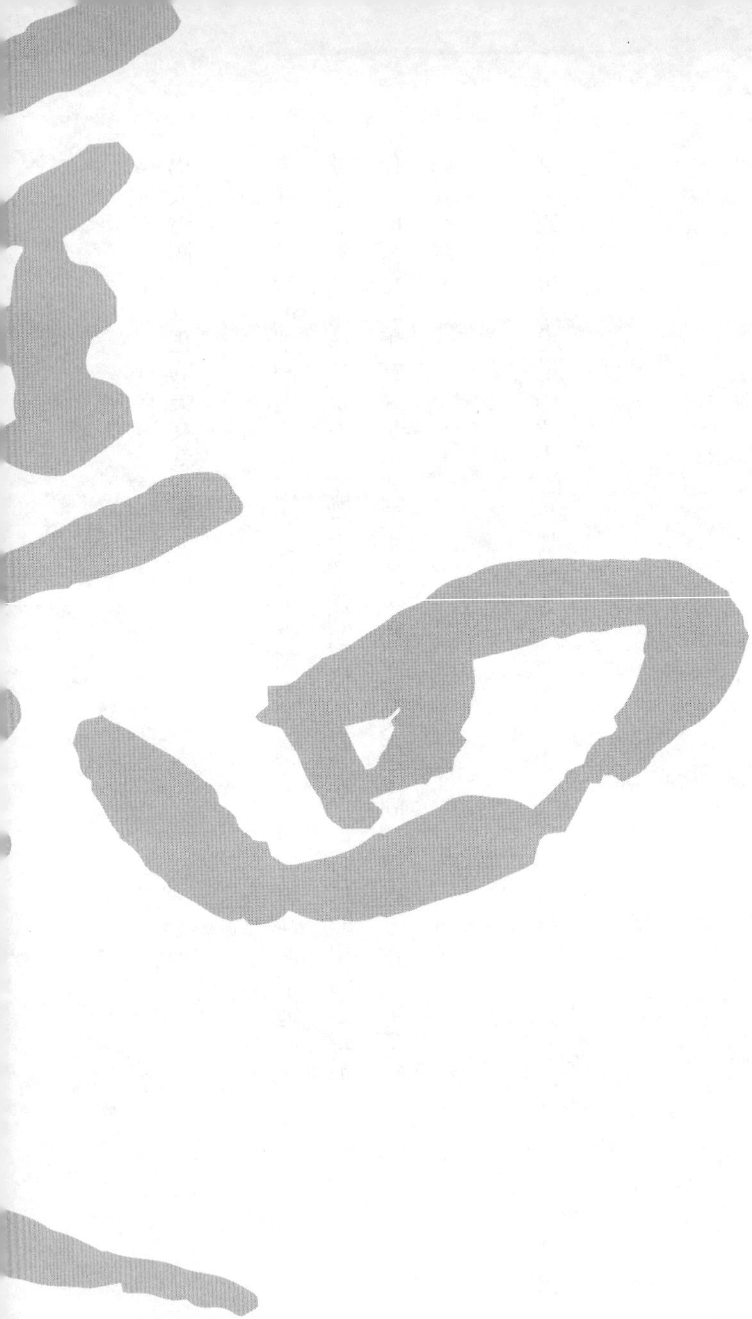

第四輯

伴侶

百花

百花中百客

「百花中百客」是一句十分有道理的說話，一般用在形容男女關係上：什麼樣子的女人都有男人喜愛，什麼樣的男人也都會有女人喜愛。

自然，不能由此引伸為每一個人，都會有異性的喜愛的經歷，沒有這樣的經歷，是因為沒有這樣的機會，譬如說一個女人，一生活動範圍不離一千平方公里，一個會喜愛她的男人，在三千公里之外，兩人自然沒有機會相見，也就不會產生喜愛的經歷了。

所謂「千里姻緣一線牽」，那是已經牽成了之後的情景，在很多情形下，是牽不成，那並不代表姻緣之不能成，道理十分簡單。

在什麼樣的人都有異性喜愛的原則下，有些例子，簡直怪異莫名，一個無論從任何角度看，都令人作嘔的，一樣有人喜歡——指的是真正無論從任何角度看都令人作嘔的，像雖然面目可憎可是富有的，也算是有優點了。

這種例子，且不在少，所以，有什麼好解釋的？

男女之情，本來就是完全無從解釋，無可捉摸的，明乎此，或許就不應該奇怪了！

關心

有感情的起碼表現

相愛的男女之間，有時會有一些無聊的行為，例如想證明一下對方對自己的關心程度如何之類，尤以女性為然，這種行為，一點意義也沒有，因為愛情實在是無法用什麼方法來衡量的。

但如果作為愛情生活中的一種小插曲，倒也十分有趣。那麼，用什麼方法或什麼行為來證明愛情的存在呢？

有一個方法可以，那就是觀察對方的關心程度。

例如，雙方之中，有一方有了困難，或是健康上出現了問題，或是種種問題，另一方的關心程度如何呢？這是一個可以衡量的標準，可以知道一方在另一方的心中，佔有什麼樣的地位，只要細心觀察，一定可以體驗出來。

已經說過，這樣的衡量，沒有什麼意思，所以，不可以故意製造這種行為，如果故意製造，就變成了一種測試或試探，在愛情生活之中，這種行為，愚蠢之極，切不可行，萬勿嘗試。

人總會自然而然，有需要對方特別關心的時候，就在那時留意好了——如魚飲水，冷暖自知，一定可以心中有數的。

溫柔

剎那間可令對方感受到的一種感覺

訪問過許多著名的美女，問她們：心目中的男性，主要條件是什麼，試舉其一。十之八九的回答是：男性，要溫柔。

再追問什麼叫溫柔，都說很難解釋，沒有定論，要理論化一些，可以說成：一剎那間可以令對方感到全身有一股溫暖的感覺，那麼，一方的這種行為，就是溫柔了。

聽起來也很抽象。

一日，在電影院門口，忽逢驟雨，見一雙青年男女，自對面馬路飛奔而來，雨極大，二十多尺的距離，衝進戲院時，全身都濕了。青年男女穿得十分合潮流，女的一件薄衣服，已全貼在身上，男的襯衫也濕了。女的雙乳隱現，她也不在乎別人的眼光，昂然直入影院。但由於影院的冷氣十分強，她必然是在跨進戲院的一剎那間感到了寒冷，就在那一剎那間，男的已脫下襯衫，罩向女孩子的身上，男孩子赤裸的上身還是濕的。

女孩子望了男孩子一眼，她在那一剎那間，必然感到了全身都有暖流，感到男孩子的溫柔。

說起來極簡單，是不？

眼神

最奇妙的一種表達形式

人的眼睛是視覺器官，和腦部視覺神經聯合起作用的眼睛，使人有視力，可以看到東西——其經過過程，十分複雜，自然不必詳細寫出。

照說，視覺器官，與人的思想情緒，全然沒有關聯，只是人的一雙眼睛，卻有奇妙的眼神，能夠十分精確地表達出人的內心感情來。

舌頭是人的味覺器官，地位和眼睛相等，人伸出一條舌頭，別人無法在舌頭上感到這個人的喜怒哀樂：憎厭或歡迎，懇求或哀憐，滿足或幸福，不能，舌頭只是味覺器官而已。

可是眼神卻能傳達內心感情的信號，把人的一切心意，都通過眼神表達出來，而且只要留心，就可以發覺，眼神十分難於偽裝——一個人儘管在言語和其他行為上對另一個人表示熱烈的歡迎，可是他內心的憎厭，都可以在眼神中流露出來。

這種情形，在異性相處時更加明顯，為了掩飾，有時一方會在許多情形下閉上眼睛。

有沒有留意過你的異性伴侶是不是太喜歡閉上眼睛？

信任

不能只怪法海

相愛的男女之間，沒有懷疑，自然只有信任。可是世界上不可能男女兩人離羣居住，身邊必然還有與之有種種關係的許多人，這許多人之中，也必然有好事者，很多情形之下，這一類好事者，往往會破壞相愛男女間的信任，而形成悲劇。

大家所熟知的民間故事《白蛇傳》中，就有一個這類好事者的典型：法海和尚。許仙和白娘子快樂地在一起生活，相親相愛，和法海有什麼關係呢？和他一點關係也沒有，可是法海硬是好事，要替許仙逐妖，於是生出無數事端來。

當然，也不能只怪法海，也要怪許仙，許仙若是對法海的多管閒事，一口拒絕，法海也無可奈何，一定要許仙先對白蛇失去了信任，法海才能興風作浪。

同樣的故事，在《畫裏真真》的傳說中也出現：從畫中走下了一個美麗的女子，她嫁與男主角作妻子，孩子都兩歲了，他也是中了好事者的計，要去「鎮妖」，結果，連兒子都一起回到了畫中。民間故事中很多這類情節，是不是想警惕人們，不要被好事者所惑呢？

能起到作用嗎？

懷疑

不是兆端，只是現象。

人類行為中，有一種叫懷疑。懷疑的形式也有很多種，其中之一發生在男女之間，一方懷疑另一方對自己不忠。這種形式的懷疑，十分可怕，一旦有了開始，只怕不會有什麼好的結果。

因為懷疑是無窮無盡的，一樁誤會「冰釋」了，另一樁會接踵而來。終日懷疑，當然痛苦莫名，終日被懷疑，滋味也絕不會好，所以，相愛的男女之間，最好不要有懷疑這種行為發生。發生了，不是好現象。

其實，相愛的男女之間，不會有懷疑發生——雙方都熱愛着對方，怎會產生懷疑？若是有懷疑，那必然是有一方的行為，確實有可疑之處，才會有懷疑產生，那就不是疑神疑鬼，而是真的有事值得懷疑，值得追查，那麼，在這雙男女之間，必然有一方已經對對方不再存着愛情，自然也不能稱之為「相愛的男女」了。

物必先腐，然後蟲生（這句話是不科學的，但一直被引用，是文學性的詞句），必然先是愛情消失，才會有懷疑這種行為發生，看來，悲劇的兆端，並不在懷疑，懷疑只不過是一個必然現象而已！

自信

在男女關係中，絕不能太自信。

那天，聽一位男士的話，聽得十分駭然（或者應該說十分驚詫）。男士有一位親密女友，關係維持了已有好多年，他一直以為自己把對方照顧得十分好，以為對方沒有他，就必然會無法生活下去。

可是，實際上，他對她，已經相當厭倦，很想結束這種關係。可是又不能提出來，因為他覺得，如果他一提出來，女方一旦沒有了他的感情和生活方面的支持，必然精神崩潰，無法接受，會尋死覓活，形成社會大慘劇。

為此，這位先生十分困擾，曾想出一些辦法，例如繼續照顧女方的生活，可是切斷親密關係，但想來想去，都認為不是辦法。

正當這位先生為了這個問題，痛苦莫名，不知如何處置的時候，一天，女方忽然對他道：「我考慮過了，雖然明知這會對你形成極大的傷害，給你帶來莫大的痛苦，可是我還是非提出不可。我們分手罷，我無法再和你在一起了，請原諒我！」

那位先生頓時得到了一個寶貴之極的教訓。男女相處，任何一方面，都不能太自信，絕不能！

再談自信

過分的自信會殺人

男女在一起——「在一起」的意思，當然是指十分親密的關係，例如結婚，同居，等等。男女在一起，通常都會相信對方對自己十分滿意，不論是在哪一方面，都會以為對方是滿意自己的。

事實上，也必須有這種自信，不然，男女關係，就無法維持下去了。

可是，是不是真實的情形，確然如此呢？

真實的情形，可能極其可怕，可以是男的不滿意女的，女的不滿意男的，或者根本雙方都不滿意。只不過由於時候未到，所以才沒有說清楚而已。

真相之可怕，有時超乎想像之外，一個有着十二萬分自信、十分出色的男人，就曾在一個怎麼也想不到的情形下栽了筋斗，被一個他想也想不到的女人拋棄了，當他從噩夢乍醒，想知道原因的時候，對白十分精彩：

男：「為什麼？」

女：「你一直問，我是不是願意和你做愛，真告訴你吧！你這樣子，算是做愛嗎？以前我不說，是怕你無地自容！」

男的於是明白，過分自信會殺人。

三談自信

男性的悲劇

在〈再談自信〉中的那個故事，是男性的悲劇。絕大多數男性，都對自己的性行為能力，有充分的自信，而且，女性也似乎在有意無意之間，助長男性的這份自信。

於是，就往往有悲劇出現——男性沉醉在自信之中，而不知道真實的情形。

就算女性沒有接觸其他男性，她也可以從自己的感受之中，得知對方的能力如何，至少，在性愛之中，是不是有快感，這是一定知道的。女性如果在單一的男性處，得不到性愛的快樂，那是促使她去接近另一個異性的主要原因——聽來很駭人，但這是事實。

照這樣的情形來看，男性自知，似乎對事實並沒有什麼幫助。

對，是沒有什麼幫助。

所不同的只是，當男人沉醉在自信之中，忽然有了變故，會全然不知所措，如同世界末日，打擊甚大！

而如果不是那麼自信，那麼，變化一到，就知道那是必然的事，會泰然置之，不當一回事。

同樣是悲劇，也有程度之分，而自信使悲劇加重！

心態

不同時代，有不同的心態。

近月來，在報上追看一篇連載小說（很久沒有這種行為了），自然是因為這篇小說寫得極精彩的緣故。（小說的作者丁力，小說名《偷情陷阱》。）

是從這篇小說刊載了約莫一個月之後才開始看的，但也無損於對小說的了解。小說寫一個美麗而又普通的家庭主婦，如何墮入了偷情陷阱之中，遭到了恐嚇勒索，被不同的男人狎玩，忍受着被侮辱的痛苦，可是在種種因素之下，這個少婦的心態有所改變，竟然主動到夜總會去做「小姐」，而且立刻懂得如何向人客落手了。

小說把這一過程，寫得十分細緻傳神，可讀性極高，對於女性的心態，捕捉得十分深入。

一般來說，由於傳統的觀念，女人和丈夫之外的男人發生性關係，而且又不是自願的話，都會感到是一種異常的屈辱。可是在現代社會裏，傳統觀念，似乎在迅速地消失。

小說雖然不是真實的人生，但是眼見的那麼多在歡場「工作」的女性，她們何嘗有什麼屈辱感？

不同的時代，有不同的心態。

淡出

自然發生，絕不轟烈。

電影手法之中，有「淡出淡入」。（現在導演也很少用這種方法了。）男女的感情，也有淡入和淡出。淡入淡出，都是在不知不覺之中，自然發生的，並不轟轟烈烈，在很多的情形之下，連當事人都莫名其妙，不知是如何發生的，可是確然發生了！

本來是一日不見，如隔三秋的，漸漸地，在表面什麼變化也沒有的情形下，變得一日不見，兩日不見都不是那麼牽腸掛肚了，那就是感情上的淡出。

所謂「什麼變化也沒有」，自然只是表面上的情形，有變化，表面上看不出來，是一種緩慢的漸變，別小看了這種漸變的力量，總有一天，會使一對本來在熱戀中的男女，變成和陌生人差不多，甚至在回憶中也淡出了：是嗎？和這個人熱戀過？

淡出，比較可愛，因為是一種漸變，所以不會使人有摧心傷肺的痛楚，根本不會有失戀的感覺，沒有那麼浪漫和激情。

自然，這一點，都是指雙方同時淡出而言，如果只是一方淡出，那就大不相同了。

伴侶

自欺欺人，莫此為甚。

有人說：「別問我為什麼要找年輕的異性伴侶，其實很簡單，人照鏡子的時候相當少，不是每分鐘都看得到自己的樣子。若是有一個年輕的異性伴侶，她或他的樣子，是每分每秒都可以看得到的，於是在感覺上，我會以為自己也年輕了。」

這種說法，如果是真的，那是自欺，如果是假的，那是欺人，不論是真是假，都自欺欺人，虛偽到極點。

人老了就是老了，什麼叫「感覺上年輕」？感覺上的年輕有屁用，感覺上和真正的事實，大有差異，決不相同，無可混淆。

找年輕的異性伴侶，理由有千百種，「感覺上可以年輕些」是最不成理由的一個說法。

如果問，真正的原因是什麼？只怕當事人不是很容易說得出口，理由是為了生理上的原因，多於心理上的原因。老女人找壯男，自然比衰翁好，而衰翁纏着妙齡女郎，自然在生理的享受上比老女人好得多了。

很赤裸裸的理由，說出來，相當「醜惡」，並無美感。

可是，那卻是事實！

好壞

只有主觀的判斷

常聽得人說：「他是個好男人」，或「她是個好女人」，或「他是個壞男人」，或「她是個壞女人」。

這裏所指的「好」與「壞」，不能伸延為廣義的「好人」或「壞人」，好或壞，都是根據男女情愛關係來界定。例如，甲男和乙女兩情相悅時，雙方在對方的心目之中，自然都是「好男人」或「好女人」，不然，也不會有兩情相悅的情形出現。

而不幸得很，人是會變的，一旦不管是甲男也好，乙女也好，在感情上起了變化，那麼，必然是一方在另一方的心中，由「好」而變成了「壞」。

譬如說，甲男變了，不再愛乙女，那麼，甲男在乙女的心中，自然是「壞男人」了。可是，如果甲男又愛了丙女，丙女也愛甲男，那麼，甲男在丙女的心目之中，又是「好男人」——「好男人」的身分不變。

看起來，好壞像複雜之極，但實際上，只想說明一個極其簡單的問題：「好男人」、「壞男人」、「好女人」、「壞女人」，根本沒有標準。

有的，只是一種主觀的判斷而已。

量力

不自量力，往往是悲劇的根源。

有許多聽慣聽熟了的話，若是再細細咀嚼一番，仍然會感到十分有趣。例如，「癩蛤蟆想吃天鵝肉」這句話，就可以有很多聯想。

很久之前，也曾分析過這句話，現在想到了新的含義，所以再拿出來說說。

癩蛤蟆，在這句話中，自然是代表低的一方，而天鵝肉，則是高的一方。癩蛤蟆不自量力，想以低就高，當然沒有成功的可能，於是，結果可想而知，很難有「癩蛤蟆終於快樂地吃到了天鵝肉」的結局。一定是悲劇收場。

所以，自己量力，知道自己的高低層次，這一點，在男女交往之中，十分重要，不弄清楚，盲目追求，自然便形成了「癩蛤蟆想吃天鵝肉」的局面——癩蛤蟆再努力跳，天鵝展翅一飛，癩蛤蟆終於可以明白「有志者事竟不成」的道理，與其到時捶胸頓足，號啕痛哭，何不在事先，量度一下自己呢！

或曰，要一個人自己量度自己，十分困難。其實並不，只要每天抽十分鐘時間，照照鏡子，就可以很容易看清自己究竟是什麼分量了。

纏綿

十分欣賞男女身體的互相纏綿

男女的纏綿，有分為心靈上和身體上的，其實，纏綿就是纏綿，不必分開兩份——但難想像男女在心靈上的纏綿之後，會沒有身體上的纏綿。而肉體上的纏綿，自然也可以加深心靈上的纏綿，所以兩者二而一，一而二，不應分開來論。

一直十分欣賞男女在身體上的纏綿，那是一種十分美麗悅目的行為，尊天地之造化，鍾陰陽之神秀，是人類最原始最自然的行為。

男女在公共場所的身體纏綿，在程度上自然十分淺——若是可以分為十級的話，至多只是第一級而已，無非是擁抱和接吻，當然也一樣十分悅目美麗，可以用欣賞的角度來看。

可是，有一些人的心態十分特別，看不得男女在公共場所的有限度的身體親熱，甚至，有覺得噁心者，這真叫人不解，難道他們認為男女的親熱，只宜在暗中進行嗎？

各人有各人的看法，但即使看到了別人親熱纏綿的人，他們也和異性做同樣行為的，怪就怪在這裏，是不是可算是虛偽的一種呢？

愛巢

什麼樣的快樂都有

有一次，林燕妮買了一間別墅在鄉下，於是有人說：可以叫「燕窩」。也有人說，不如叫「黃巢」——由於林燕妮和黃霑在一起的緣故。「黃巢」這名稱，雖屬遊戲文字，但十分貼切，其來源自然是由於相愛的人在一起，有「共築愛巢」這樣的句子之故。

兩個相愛的人，共築愛巢，這是極愉快的經歷，愛巢之中是兩人世界，愛巢之外，不管天翻地覆，都可以不加理會，愛巢中的一草一木，一絲一縷，一粥一飯，一椅一桌，都和相愛的兩個人，有着呼吸與共的關係，任何人一生之中，有過一次這樣的經歷，都算是不枉這一生。

在愛巢之中，相愛的兩個人，都能擁有的幸福快樂，幾乎是無限的，什麼樣的快樂都可以有，快樂的花樣之多，除了當事人之外，別人根本無法想像——雖然人人都可以共築愛巢，但各人之間的情形，也大不相同。

雖然，愛巢愛巢，以愛為主，若是沒有了愛，天堂也就立即變成了地獄——在其築愛巢的時候，誰都對將來充滿了希望，可是將來究竟為何，不是人力能定，這或許正是人生無奈之處。

遲暮

不能超越人生的階段

有一句十分激情的話：自古美人如名將，不許人間見白頭。說的是美人不可老——有的美人，為了不老，寧願在盛年之時，結束自己的生命，好使自己美麗的形象，長留人間。

有這種激情的美女，當然不多，不然，也不會又有「美人遲暮」這句話了。

任何人都會老，美女雖然得天獨厚，也不能例外。而人在老了之後，必然會變得難看，不論用什麼方法，都無法恢復青春，所以，美人遲暮了，也就是從美麗變成難看的一個過程。

這是一個自然的過程，其實，人在每一個階段，都有屬於這個階段的美麗，嬰兒時期有嬰兒時期的美麗，兒童時期、少年時期、青年時期、中年、老年……都一樣，各有各的美麗，而且十分分明。硬要越過這個時期，就變得難看，少女作老婦裝扮，自然難看，老婦作少女打扮，也令人不忍卒睹，而老婦如果知道自己已是老婦，甘願作老婦，也就美麗得很。

美人遲暮，並不難看，死不肯認遲暮，這才糟糕。

夢中

美麗的會萬倍美麗

很多人，都曾經有過夢中情人。

夢中情人有的是實有其人，有的是根本上沒有這個人，只是想像出來的。

一般來說，以前一種的情形為多。

真有這樣的一個人，可是實際上，卻又無法接近，成為真正的情人，只好日思夜想，於是，這個人，便成了夢中情人。

夢中情人，必然美麗無比，因為這個人的真正情形，根本無法了解，一切都是在遠距離看到的，甚至未曾有過任何接觸。

在夢中，所看到的、感到的一切，必然比真實的情形，美麗萬倍，所以，如果不想改變這種美麗，最好別化夢境為現實，有許多許多例子，證明一旦化夢為實，失望的百分比極高，大多數的情形是：所得的快樂，只是一剎那，夢很快就醒——再想回到夢中，絕無可能。

夢中情人雖然虛無飄渺，但總算有一個夢，一旦夢醒，連夢也沒有了！

所以，別怨艾自己一直只是在夢中有她或他——這其實是一種十分幸福的境界。

癡情

探討小說人物行為的真實性

金庸小說《鹿鼎記》中，有一個情癡，這位仁兄武功絕頂，人稱「美刀王」，姓胡名逸之。他暗戀陳圓圓，一直秘密在戀慕對象的附近，暗中保護她，多少年來，只聽她說過二十三句半話，後來託了韋小寶的福，才聽陳圓圓唱了一曲。

這個胡逸之，可以說是情癡之最了，而且他對愛戀的對象，態度奇特無比，韋小寶表示既然那麼喜歡，可以想個法子，把她弄來做老婆，他就大不以為然，說連碰一碰她的指頭，都是一種褻瀆！

這種情形，自然只能在小說中出現，現實生活是不可能發生的。男方或許覺得自己這種的情癡法，十分聖潔偉大，可以對得住天地鬼神，可是如果設想一下，一個美女的所有戀慕者，都是對這個美女連手指也不敢碰一下的，那麼這個美女真是痛苦之極了！

精神戀愛不是不存在，但決計不正常，男女之間的愛戀，必然包含身體的接觸在內，癡情，一樣包括對對方肉體的迷戀。

超凡入聖是另一回事，普通人是做不來的。

第五輯

真愛

理由

你和你的愛人是怎樣認識的？

男女必須先認識，然後才能產生戀情。相識的方式有九千九百種，恐怕沒有什麼人能統計出一個正確的數字來。有的是青梅竹馬，五六歲就認識了的，有的是莫名其妙吃一頓飯而相識的，有的是在路上撞了一下而認識的，甚至，也有召妓而作為開始的。

每個人，每天都有許多許多次和異性結識的機會，何以不和其他異性進一步的發展感情，卻偏偏和這一個，在若干時日之後，就進入愛情的領域之中，在這個領域之內嘗遍或甜或苦或酸或辣、七情六慾、悲歡離合，或欲生，或欲死呢？

只怕沒有理由，總而言之「緣」，硬要解釋則是「腦電波的頻率相近」，玄學的說法可以是「八字相合」。

問情是何物，直教人生死相許。愛情可以影響人整個生命歷程的發展，一開始是怎樣發生的，人類竟然一無所知，想起來，實在相當滑稽，不知道是喜劇還是悲劇還是荒謬劇。

如果可以找出發生的原因來，那麼，就可以知道它發展的過程了。

如果這樣，還會有人戀愛嗎？

情願

不能由一相情願變成兩相情願

在很多情形下，男女之間，會有一相情願的情形出現。

一相情願，就是只有一邊有意——小生這廂有禮了，可是女方根本不感興趣，或是姑娘芳心大動，男孩子卻偏過頭去，連正眼兒也不瞧一下。

在這種情形下，當然不會有愛情，愛情是雙方的，一相情願，只是單戀。

一相情願，若是情願的一方，夢醒得快，醒得早，那只是生活上的一種點綴，未始不有趣。如果一直沉在夢中醒不過來，或者相信了什麼摯誠所至，金石為開這類的老話，以為堅持下去，就可以成為兩相情願，那就變成了大悲劇，必然痛苦莫名，而且，到頭來，也必然是大失所望。

世上沒有一相情願變成兩相情願的例子嗎？不是有許多在一起的男女，是男追求女，或女追求男，苦苦追求回來的嗎？

當然沒有，根本一開始就有意，所以一方才會給另一方以追求的機會，若是絕對無意，連追求的機會都沒有，為何會有變成兩相情願的可能？

不必試了，不會有的。

相襯

你情我願，哪管他人側目。

男女關係，十分複雜。常聽得他人在評議：他怎麼會和她在一起？或者掉過來：她怎麼會和他在一起？

在他人看來，他和她，全然無法在一起的。傳統觀念是戀愛的男女一定要相襯，或外形相似，或家世相若，或事業發展相同，等等。他和她都全然不相襯，怎麼可能在一起呢？

於是，就有了新的結論：不相襯的男女愛不長久！

男女在一起，是不是長久，這個問題太複雜了，沒有任何人、任何力量可以保證即使再合襯的男女可以天長地久，所以不在討論之列。

男女在一起，外人看來，無論如何不明，其實都有道理，只是外人不明而已，當事人自然心裏一清二楚，自然也不必昭告天下，叫人人都明白，只要你情我願，哪管他人側目。

他人喜歡研究原因，就讓他人去研究好了，絕沒有責任告訴他人是為了什麼，也絕對可以繼續你情我願下去，享受其間的樂趣。

若是忽然你不情我不願了，就分開好了，也根本不必理會他人曾說過什麼。

外形

第一次見面時，外形最重要。

愛情的最初發生，是怎麼樣的呢？

說得玄一點，自然是由於有緣，或有前生的因果。說得虛幻一點，可以說相愛的人，腦電波的頻率相近、相同或相反（根本沒有人知道究竟是怎麼一回事，所以可以作各種各樣的假設），說得現實一點，可以說兩方面在第一次見面時，就都對對方有好感，那是人的一種動物本能。然後，才進一步進兩步地發展下去，直到跌進愛情的深淵之中。

所以，雙方第一次見面時，外形佔極重大的地位，雙方的社會地位，自然也一樣重要，這都是現實，所謂內在美，要長時間去發掘，一見鍾情，誰能在一秒鐘之內發覺另一個人的內在，當然會靠外表。

社會地位也十分重要，美麗的女郎見到了聞名已久的富豪，自然會看多幾眼，普通人，只怕不會那麼容易得到青睞。

正由於如此，所以若是有點自知之明，知道絕無法攀得上對方，使對方對自已有情意的，還是不要急於表達情意的好。

一頭撞在釘子上，畢竟不是愉快的事！

犧牲

覺得有犧牲，就不是愛。

常聽到一些人，或男或女，在說：為了愛情，犧牲了多少多少。每當聽到這種話，總大大不以為然。在愛的時候，怎麼又會同時想到了犧牲呢？

所謂犧牲，大多數是指為了要和一個人相愛，而放棄了一些什麼——物質上或精神上的。那種情形，如果真的發自心底，就決不是好現象，是證明這段愛情，是犧牲了代價換來的，而在這種情形下產生的愛情，決計不會長久，因為那不是真正的愛情。

雙方都有這種想法的情形固然糟，單是一方有這種想法，情形也一樣糟，在有得失計較的情形之下，怎會產生真正的愛情！

其實，即便是真正的愛情，也絕不一定天長地久，人只要在愛的那段時間之內，有真正的愛的享受，絕不會計較自己犧牲了什麼，一切都心甘情願，快樂無比，且覺得有愛情就心滿意足，全世界都屬於浸在愛情中的人，哪裏會有什麼犧牲。

帶着計算機，不斷在算計的人，不論男或女，都不會有真愛。

關心

關心對方多於關心自己，才是愛的表現。

常有人問：怎樣測度男女之間的愛情呢？或者是：男女間的愛情，是不是有一個測度的標準呢？聽起來，問題好像很複雜，不是很可能有答案，但事實上，是有答案的，而且答案還十分簡單。

答案是：看一方對另一方的關心程度，就可以看出是不是真的有愛意存在，或存在的程度如何。一個人，不論男女，若關心對方甚於關心自己，那自然是愛的具體表現。

這裏所說的關心，自然包括物質上的關心，但更主要的，還是精神上的關心、情緒上的關心，所以，真正相愛的一對男女，很少會吵起來，互相都關心對方甚於自己，怎麼還吵得起來？

吵起來的唯一原因，無非是各持己見，如果愛意濃的，把對方的主意當作是自己的，又有何不可？一定十分欣然樂意。

所以，動不動就發小脾氣的人，不論是男是女，大都不是心中有愛意的人，或許對象有異時，一個平日刁蠻之極的人會變得柔順貼服，那就是這個人對另一個人愛意濃的表現了。

自私

愛情絕對是自私的

愛情絕對是自私的——只有一方對另一方沒有了愛情的時候，才會有大方的愛情。或者，表面上大方，即是由於禮貌或其他原因，不便當面發作，但內心必然恨得要死。

愛情的自私，最具體是表現在不願意愛人和自己之外的其他異性有任何接觸——可以少和別的異性講一句話，也是好的。

曾聽得一個女性申訴：「他啊！別說看醫生一定要我看女醫生，連髮型師，也一定要找女髮型師！」

這個女性在訴說的時候，臉上喜氣洋洋，顯然她十分了解那個他因為愛她，才會有這種限制，若那個他忽然不在乎她和別的異性怎樣怎樣了，那麼她就應該知道，感情已有了變化。

這種自私的心理，一半來自動物的天性，動物之中，也多這種對異性的獨佔行為——又焉知動物之間沒有愛情？另一半，來自人的特性，人性本來就自私，在男女關係上表現出來，自然也很正常。

對戀愛的對象表現自私，十分正常。

根本沒有不自私的愛情。

不要試

試驗男女感情是最笨的行為

像《大劈棺》這樣的試妻情節，十分愚蠢，放在古代做這種事，愚蠢的等級是第八級，而在現代，如有男人竟然想用類似的方法去試妻的話，那麼，其愚蠢程度，必然更勝第一級，無藥可救。

現代男女之間的感情，已遠較古代脆弱，根本經不起考驗，所以，千萬別去考驗它。別說考驗的方法是裝死了，男女分開的時間久了些，也大成問題了。

分開的時間要多久才會出問題，這視乎男女之間的感情基礎和當事人的性格，以及當事人的際遇而定，雖然沒有標準，但長期分離，必然會出現問題，這是可以肯定的事，不會有什麼例外。

每見有恩愛夫妻，因為移民問題而各居一方，就搖頭歎息：怎麼那麼有信心？還是明知會有變的，但是都有裝着不知道的雅量；可是，如果變化太大，那又怎麼辦呢？是不是早已有了心理準備？

男女的長期分離，也是「試」的一種形式，其實十分笨。本來大可以相親相愛的，為什麼非安排兩地相思呢？

真要是捨不得香港，就大家一起留在香港好了！

差錯

不知是哪裏差了一點

男女關係，有時出起差錯來，毫無道理可講。別說旁觀者，當事人總應該如魚飲水，冷暖自知了吧？可是絕大多數不知是什麼地方出了差錯，完全不知道，忽然就在愛情的大海中觸了礁。

為什麼會出差錯？不知道。什麼時候會出差錯？也不知道。表面上一點也看不出來，照說，一切的損壞都是漸進的，譬如說，鐵鍋子漏水，總是鐵愈來愈薄，終於有了小孔，漏水了。又譬如氣球爆炸，總要慢慢吹氣，吹到氣球承受不住了，這才爆炸的。感情上的差錯，也是這種漸進式的，但是，一下子就發生的，也不是沒有，事先了無迹象，對對方的厭惡，突如其來，這種差錯之發生，只好感歎是造化弄人。

差錯之發生，也和原來的感情是濃是淡無關，盡多愛情濃得化不開，愛得轟轟烈烈，或在有阻礙的時候，愛得可以殉情的，但是忽然之間，又可以視同陌路，絕不關心，再也記不起以往的戀情！

變幻莫測的愛情，偏偏凡人都不能免，都各自在其中得到歡樂和痛苦，都想不出差錯，但又必然會出差錯。

有誰沒誰

誰沒有了誰，一樣可以活下去。

雖然說：誰沒有誰會活不下去？可是誰沒有了誰，雖然仍然活着，可是想起了有誰的時候，對比現在沒有誰了，會有什麼樣的感覺，真還難說得很。

情形可能很複雜，但也不外乎兩類。

其一，誰極不堪，沒有了，能獲新生，海闊天空，新天地展現在眼前，任由飛翔馳騁，自然再好也沒有，這個誰，比敗履更值得拋棄，唯一值得後悔的，只是棄得太遲，棄得太晚而已！

那是極愉快的一種情形。

其二，和誰在一起的時候，或許並不覺得怎樣，可能還大表不滿，誰有這樣或那樣的缺點，要離開之疏遠之。然而，達到目的之後，才知道有這個誰的時候，實在是身在福中不知福。

沒有誰了，自然可以活下去，可是沒有誰的時候，每一刻每一分，都成了回憶，而且在回憶的時候，有了極度的追悔。

那是極不愉快的一種情形。

然而，不管愉快不愉快，誰沒有了誰，還是可以一樣活下去！

失戀

開始以為是世界末日，後來知道不過是失戀。

有一句名言：誰沒有誰會活不下去呢？

誰也不會因為沒有誰而活不下去，所以，失戀，縱使在一開始的時候，感到是世界末日已到，但隨着時間的過去，必然會覺得，那只不過是失戀而已。

誰沒有經過失戀呢？有戀愛，就有失戀，一生只有一次戀愛，而又一生可以保持這次戀愛的人，當然十分幸福，可是也相當平淡——人的一生，若果連失戀是什麼味道都不知道，幸福是幸福了，可是總不是很完整。甜酸苦辣，什麼滋味都有的人生，才是完整的豐富的生命。

失戀，究竟是什麼滋味呢？自然因人而異，每一個人的感受，大不相同，也因這段戀情的深淺而定，不能一概而論，但總的來說，決不會愉快，那可以肯定。

當失戀成為事實時，痛苦欲絕之際，很多人都會問為什麼。

要勸慰失戀者不要痛苦，那是空話，不會有任何作用，不過可以告訴失戀者，不必問「為什麼」，因為愛情的來和去，根本沒有任何道理可講。沒有道理的事，自然沒有什麼可問。

自由

很少地方有絕大的行動自由

一男一女的戀愛，絕對是這一男一女兩人之間的事。可是即使在極開放的社會之中，男女戀愛也很受他人矚目——各種各樣、絕對與之無關的人，都會千方百計，通過各種他們自以為可以擁有的干涉權力來干涉。就算完全搭不上關係的人，說幾句閒話，也是好的。

這或許是人類的天性。

至於在閉塞落後的社會之中，男女戀愛的「桃色新聞」，引起他人的興趣程度之高，更達到了匪夷所思的地步，不單是議論閒話而已，真的有各種各樣干涉力量來干預，使得在戀愛中的男女，猶如在狂風巨浪中的小船一樣，要不被巨浪傾覆，不知要經過多大的困難和掙扎。

為什麼本來是私人的事、只是兩個人的事，會那麼引起他人的「關注」？真是百思不得其解，還只是那句話：或許這是人類劣性之一——喜歡干涉他人，亦即，喜歡把自己的意見強加在他人的身上（這是人類一切紛爭的根源）！

若能享受到最大的行動自由，真應該盡興享受！

戀愛

戀愛太久了，不是好現象。

早在三十年前，一個朋友介紹他的女朋友時，說：「我們戀愛已經四年了。」

當時的感覺就是：啊啊，戀愛四年了，那麼長久的時間。如果說，戀愛的目的是結婚，那何必戀愛四年之久而不結婚？如果說，戀愛只是為了戀愛，並不是為了結婚，那麼，四年之後，怎麼打算呢？是繼續戀愛下去，還是說分開就分開？

而且，過了四年之久，戀愛是愈久愈愛得刻骨銘心呢？還是日久情淡，都沒有當日的熱烈了？

問題極多，結論只有一個：戀愛太久了，不是好現象。果然，不多久，朋友和他的女朋友就沒有再戀愛下去，不知為了什麼原因——別說外人不明，當事人有時也不明不白的。

事隔多年，忽然想起，他們如果在戀愛了兩三年或四年之後就結婚了，那會是怎樣呢？可能是已經分手了，也可能是在感情已消失的情形之下，還維持着法律上的夫妻名義。

這兩個可能，都不比戀愛的無疾而終來得好，所以，長久的戀愛還是可愛的，至少，在分手之後，亦可以回想一下當日的情意，不至於有醜惡的回憶。

配偶

佳偶和怨偶只是一線之隔

配偶，一男一女，有的結合數十載，堪稱模範，有的日吵夜鬧，自然不如意之至，但就算幾十年不變的，真正稱心如意嗎？只怕也只有他們自己才知道。

從人性來看，不可能有真正由心底深處感到滿意對方的配偶——在一個時期內，或者會有，但不可能在一生之中，未有過別的想法。

這種想法，可能是深藏心底，對任何人都沒有提起過，是在表面上滿意之極的情形下，另有不滿意的想法，想像更好的異性在自己的身邊。

有這種想法，自然絕不代表就有這種行動，想法和行動之間，還有老大一截距離。但是有這樣的行動，必然始自有這樣的想法！

誰都會有遐思，無可非議，想想，總沒有不對，一男一女相處久了，再完美的人，也能被對方找出缺點來，這些缺點，在感情作用下，可以暫時當作不存在，也可以忽然之間爆發出來。

佳偶和怨偶，其實只是一線之隔，再佳的佳偶，也不可能沒有異念。

想了，不做，和想了做，正是一線之差而已。

情老

情，先老了，再逝去，誰也不會傷心難過。

「問情是何物」的「情」，歷來不知有多少形容詞和它結合在一起，最喜歡的一個結合是「情老」。

情老，並不是情逝，情消失，情變……它只是情老。

情老是一種什麼樣的現象？真的很難形容，就像人老了，一切都已轉冷了，緩慢了，遲鈍了。就像一堆火已燃成了灰一樣，不會再有火苗亂竄，不會再有高熱發出，火卻未曾熄滅，那一堆灰中，還有暗紅色的火星，在有氣無力地閃動着。

情老，是男女愛情現象中，最無可奈何的一種，但也是十分溫和的一種，首先男女雙方，同樣感到了情已老，那就自然而然，連爭吵也提不起勁來，這段情，再維持下去和不再維持下去，都沒有什麼大分別，反正情已老了——餘下來的日子，且會更老，而老下去的唯一結果，就是逝去。

先有了老的階段，再逝去，誰也不會傷心難過，比一下子逝去要好得多了。

但如果只是單方面的情老呢？那情形就比較悲慘，和其他形式的情變相同，不會那麼平靜。

情若是非老不可，本來有情的兩個人一起老，那真是幸事。

溫柔

溫柔不住住何鄉？

溫柔，實在是一個非常好聽的名詞，設想一個姓溫的女孩子，單名柔，真是「嗲」之極矣。

女性美之中，溫柔佔極重的比例，美人而「杏眼圓睜，桃腮帶怒」，自然極有可觀之處，但也只好偶一為之，若是時時如此，男性也只好退避三舍，寧願去找溫柔的女性了。

女性的溫柔，不單在於言語、神態、動作，而真正性格溫柔的女性，自然而然，處處流露出一股溫柔的體態，使與之相對之時，如飲醇醪，中人欲醉，那種醉意，比酒醉的感覺更妙，所以若有溫柔鄉可住，何必還去找別的地方尋快樂？

在很多情形之下，在批評男女關係時，尤其是女人評女人的時候，會有這樣的句子：真不明白這個女人有什麼好，竟會令男人着迷。

大約有至少一半的可能是，當一個女人被一些女人這樣批評時，她的好處是溫柔。

溫柔的女性令男人如沐春風。

相反，不溫柔的女人，會令男人如坐針氈，避之唯恐不及。

水做

應該說女人像水

有人說，女人是水做的（好像是賈寶玉先生說的）。這句話，當然是象徵性的，無法進一步在實質上追究。如果要在實質上有所追究的話，一點結果也不會有，因為水根本不能做成什麼。單用水，只能做出冰或水蒸氣或雪花，不能做出別的來——即使要做鹽湯，也得加上鹽，單是水，是做不出什麼來的。

象徵性的意義，卻廣泛之極，水有涓涓細流，有平靜如鏡，有「疑是銀河落九天」的飛瀑，有洶湧而來吞噬一切的波濤。忽而化成海，忽然變作露，露珠在清晨的草尖或花瓣上透着朝陽閃耀的時候，怎能想像它和長江大河上的滾滾濁流是一模一樣的東西？成分絕對相同，同樣是兩個氫原子和一個氧原子的合成體。

這象徵意義深長，說明了同一個女人，可以有變化莫測的各種形態，全然無法預測她的下一步動向是什麼，變幻不定，難以捉摸。

女人最像水的另一點是她全然不理會常規，甚至逸出了自然界的規律，自成一格——全世界的物質都是熱脹冷縮的，只有水在攝氏四度之後，反而膨脹，和女人再像也沒有，管你是什麼規則，不遵守就不遵守，誰還和你講道理？

女人！

尊重

尊重所有在正行工作崗位上的女孩子

所謂「正行」，其實不必多解釋，同樣的，正行的反義詞「偏門」，也不必多解釋，人人都知道是什麼意思。

正因為社會的工作有正行和偏門之分，所以才會對在正行工作崗位上的女孩子，由衷地肅然起敬，感到她們高貴、高尚，重視自己的人格，重視自己的靈魂，愛惜聲譽，能夠抗拒引誘，這樣的女孩子，尤其是年輕和娟秀的，都是好女兒。

在正行工作崗位上的女孩子，普通來說，工作十分辛苦，待遇十分之低。

而偏門的工作崗位，又十分需要這一類女孩子的加入，往往一夜的收入，可以超過一個月辛勞之極的工作。

而那麼多的女孩，就是為了人的尊嚴，寧願接受生活的殘酷。不知道她們內心有沒有進行過鬥爭。而仍然在工作崗位上的，都值得人尊敬。

所以，即使她們在工作上有什麼差錯，有什麼失誤，有什麼不禮貌，有什麼得罪之處，都可以一笑置之。

因為她們都值得尊重。

輕視

不可輕視所有在偏門中討生活的女孩子

尊重一切在正行工作崗位上的女孩子，是不是可以伸引到輕視所有在偏門中討生活的女性呢？絕對不能，任何人都有權隨便輕視任何人，任何人也有權根本不接受輕視，所以，不必輕視。

非但不必輕視，而且值得原諒——或許她們根本不需要他人的原諒，當女孩子拋開了一切虛無的所謂自尊、自重，拋棄了一切不着實際的純潔、正經種種束縛之後，她的心態，就進入了另外一種境界，完全不在乎他人的觀感如何——而香港恰好又是一個可以完全不理會他人觀感如何、我行我素的高度自由社會，所以在偏門中討生活的女性，才會如此之多，而且大多數錦衣玉食，絕對和粵語殘片中所描述的不同。

在偏門中討生活的女孩子，也是社會的一分子，對繁榮社會，大有貢獻，許多消費行業，若是離開了她們的那個行業，只怕都不能生存。

人各有志。

人人都有權照自己的方法處理自己的生命——包括自己的身體在內。

無言

相顧無言，唯有淚千行。

讀詞，讀到了蘇軾的《江城子》中的那兩句，不禁掩卷呆了好久。一男一女，到了相顧無言，唯有淚千行的境地，是一種什麼樣的情景呢？

是久別重逢，本來以為萬萬不可能再見的了，忽然竟然相逢，那自然也說不出話來，唯有淚水急湧，雖千行也不足以形容其多了。

這自然是較好的情景，更好的情景是，男女雙方的情愛，再無阻滯，「從此可以快樂地生活在一起」，那麼，千行是快樂的淚。

如果重遇了，必然又要分開，那麼，這次重逢，自然更增傷悲，千行也就是哀傷的淚。

如果情景是一雙男女，由於種種原因，非分手不可了，自然也只好相顧無言，那又是一種無可奈何的痛苦之淚，如果只是一方求去，另一方要留而不可得，千行淚中，就滴滴都是辛酸。

如果……可以作許多種假設，各憑想像。

蘇軾的情況是：

「夜來幽夢忽還鄉，小軒窗，正梳妝。」起句是「十年生死兩茫茫」，那是分開十年之後的夢中相會，益增淒酸。

第六輯

問愛

偷情（一）

現代人都有偷情的欲望

偷情，是人類行為之一，也是所有生物中只有人類才有的行為。

人類並不是天生有這種行為的，一直到了人類發展了夫妻制度（不論是一夫多妻制，一夫一妻制或多夫一妻制），並且成為一種法律的約束和道德的規範後，人類才有了偷情這種行為——在此之前，根本每一個男人或女人都是自由的，何偷之有？

有了約束之後的男人和女人，背着有約束權的對方，再和別的異性有關係，那就是偷情。若然偷情被認為是一種罪行，那麼，只是由於有了約束而來的——一個人對另一個人有約束權，這種情形，也大抵只有人類行為中，才能找得到。

男人偷情，女人還有可能在某些情形下覺察得到，但女人若偷情，男人很難察知，這是女人比男人在偷情方面佔據優勢之處，別說偷情，很多情形下，妻子去做妓女，丈夫都有不知道的！

現代人，其實人人都有偷情的欲望，很多人早已付諸實行，不必加以指導提倡，也不必反對責斥。很多人沒有實行，只是沒有機會條件，不是他們不想。

偷情（二）

偷情秘密而刺激

自從人類有了婚姻制度之後，男女的偷情行為，古已有之，於今也未必更烈——若是沒有婚姻制度，根本無所謂偷情。

偷情，甚至於有十分慘烈的，像潘金蓮偷情，就連環產生了毒殺、被殺等等可怕的事；潘巧雲偷情的結果也好不到哪裏去。在中外歷史上，要找偷情悲慘結局的例子，不知多少，可是偷情行為並不因之停止，可知在單一的配偶之外，再和其他的異性發生感情或肉體關係，是人類眾多欲望之中一種十分強烈的欲望。

而且，這種欲望的防線，十分脆弱，脆弱到了一有機會，輕輕一碰，防線就會全面崩潰，人就會在欲望的驅使之下，洶湧投進偷情的汪洋大海之中。

人類在觀念上，不斷在改變，以前，男人偷情，不算什麼，女人偷情，在東方一些古老的國家之中，就罪大惡極，非死不可——有些地方，像中國，若是捉姦在牀的話，淫婦的丈夫，有權把姦夫淫婦一起殺死。現在，當然也有因之引起許多血案，但畢竟沒有合法的地位，這應該算是一種進步。

偷情，有一個偷字，自然不公開，十分秘密，也就十分刺激，試過沒有？

男女關係

錯綜複雜之極

早幾年，曾在《不寄的信》中，痛痛快快地討論過情夫、情婦、丈夫、妻子之間的錯綜複雜關係，又曾陸陸續續補充過不少意見，但每次一想到這個題材，總有點新的東西可寫。

最近，由於常說：「男女間一切的煩惱，都來自一夫一妻的婚姻制度，所以常被人問及：一夫多妻常見，若是一妻多夫怎麼樣？」

一夫多妻，和一妻多夫，其實完全一樣，只要「多」的一方和「一」的一方都肯接受，也就沒有什麼不可以——這種情形是公開的，在這種情形之中，只存在丈夫和妻子的關係，只不過是丈夫或妻子的數字超過一個而已。在這種關係之中，並不存在情夫或情婦的關係。

情夫或情婦的關係，必然有一定程度的秘密，不然，公開了，情夫也就和丈夫無異，情婦也就和妻子一樣，根據人類喜歡秘密刺激的心理原則，可知情夫情婦的關係，必然比公開的丈夫和妻子的關係刺激，這是許多人追求婚外情的最主要原因。

一直在發生的現象，真是很應該公開討論的。

玩火

不玩火怎樣打發生命

人又很喜歡玩火——誰在小時候沒有真正玩過火呢？大人告訴小孩子：別玩火，白天玩了火，晚上會遺溺。但是這種警告，生效不大，小孩子還是喜歡玩火。

不知道原始人第一次見到火的時候有什麼感覺，若是仔細注視火，不論是點燃一根火柴或是一堆篝火，甚至更大更猛更烈的火焰，都是一種令人興奮的事，甚至可以在追隨火焰的顫抖跳動之中，得到某種程度的快感。

玩火，也是另外一種行為的代名詞，在那種行為之中，並沒有真正的火焰出現。但是和小孩子玩火，會被火灼傷一樣，人的玩火行為，也會把自己傷得動彈不得，甚至於因傷致死。可是，愛玩火的人，還是樂此不疲，一直玩下去，在還未曾受傷時，享受隨時可以受傷，但是居然又避了開去的無窮樂趣，也享受明知最後結果一定是被火灼成重傷或死亡，但是又不知道這種傷害何時到來的刺激——沒有人知道自己什麼時候會死，所以，人的生命歷程，在某種意義上，就是玩火的歷程。

玩火，如果玩在男女關係上，那麼傷害的範圍更大，不但傷了玩火者，還必然傷害和玩火者有戀情的異性。

別想勸玩火者不玩火。

不玩火，玩火者幹什麼呢？用什麼行為打發無聊的生命呢？

女性的愛

愛情夫多？還是愛丈夫多？

在完全自願，沒有任何脅迫的情形下，一個女人，如果同時兼有丈夫和情夫，她是愛丈夫多，還是愛情夫多？

恐怕不可一概而論，個別情形不同。

但是在這種情形之下，有一個狀況，十分值得注意，那就是：情夫必然知道她有丈夫，而丈夫未必知道（絕大多數不知道）她有情夫！

那也就是說，她和情夫有共同小秘密，而這個秘密，不為丈夫所知。

在這種情形下，在情感方面，她自然而然，會傾向有共同秘密的情夫——共享一個巨大的秘密，是一樁十分有趣而且刺激無比的事，有共同的心願，共同的語言，當她和情夫偷情之際，自然也有新奇的感受，這一切都是作為丈夫所欠缺的。

所以，就算一開始，丈夫和情夫在她的心中都佔同樣的地位，但久而久之，情夫總可以佔優勢，何況，情夫之於女人，猶為情婦之於男人，總是看到他或她好一面、快樂的一面居多，壞的一面苦惱的一面較少，天長地久下來，天秤傾向哪一端，可想而知。

或曰，要是愛丈夫的女人，根本不會有情夫，然耶？否耶？

兼收

何不兼做情婦和妻子

女人為什麼要做情婦？

原因很多，真正分析起來，可以寫厚厚一本巨著，但簡單點來說，不外乎三點：金錢、愛情和金錢加愛情。

一般來說，都以為女人很難接受兩個男人，但事實並不一定全然如此，真有一個女人兩個都愛，魚與熊掌，取捨難分，痛苦莫名的情形在。

在那種情形之下，如果一定要揀一個，捨棄一個，生活便不能圓滿，為什麼不能一起要呢？若是兩個都同意，那更不成問題，如果考慮下來，只有一男同意，那就瞞着一男。

而在這樣的情形下，必然同意的一男，愛女方更深，尤其是如果同意的一男，在金錢上更能滿足女方的話。

（畢竟是生活在金錢至上的社會！而且，如果沒有金錢，那和白佔女人便宜也相差無幾，至於如果要用女人的錢，那更是等而下之的下三濫了。）

在那樣的情形下，女人如果處理得好，嫁一個丈夫，保留一個情夫（同意的一男，永遠不會是她嫁的那個），那才會真正有快樂。

想深點，就覺得這樣說，並非「大逆不道」。

親熱

身體親熱接觸的探討

一直在說，男女之間的親熱，一定包括身體上的親熱接觸在內。相愛的男女，決不可能只是精神上有愛，而肉體上沒有接觸的。

在一篇小說中，寫了一雙男女身體親熱接觸的情景——兩個人一起睡在一張吊牀上，吊牀十分柔軟，躺在吊牀上的人，必然在吊牀的中心，若是兩個人躺在吊牀上，無可避免，不論用什麼姿勢，兩個人的身體，自然也一定會有最大程度的親熱接觸，再加上吊牀必然有輕微的晃動，自然風光旖旎得很。

這種身體上的親密接觸，自然只有發生在互相有愛意的男女之間，才是身體上和精神上的極度享受。同樣的情景，若是發生在根本沒有情意，或是互相憎厭的男女身上，那就非但沒有愉快可言，簡直可怕之極！

精神上的愛意，會使人產生身體親熱的願望，並且能在親熱之中，得到快樂。沒有精神上的愛戀，男性還可以在和異性的親熱中得到快樂，女性就不能；很多女性在那種情形之下，都能為了種種目的而掩飾自己的真感覺，她們真正的感受，只怕痛苦之極。

好在男性大都粗枝大葉又充滿自信，所以並不多追究。

天下太平！

靈肉

精神和生理產生的化學作用

偷情行為，可以分成兩類，一類是身體上的接觸，甚於思想上的交流，也就是說，目的是滿足生理上的需要。偷情的雙方，在互相滿意對方的生理狀況之下，作出偷情的行動。

生理狀況，包括外貌上的互相吸引，和性生理能力可以使對方滿意，互相在肉慾的交流之中，得到樂趣——不然，根本不會有偷情的行動，就算有，有了一次，也不會有第二次。

哪個女人會找一個性無能的男人偷情？

也沒有男人會和一個性冷感的女人偷情。

第二類的情形是，真正的談情說愛，在開始的時候，甚至根本未曾有過要肉體接觸的意願，只是覺得情投意合，和對方相處，有說不出來的暢快投緣。

複雜的是，即使一開始全然沒有身體接觸的意願，但是男女兩情相悅，到了一定的時候，水到渠成，自然而然，必然不可避免地會有靈肉一起的行為，和第一類的偷情，若是維持一個時期，也可以發生愛情一樣。

到了那種情形，也就無分第一類第二類了，一切歸於渾沌，沒有分別——偷情，靈肉一致，很少有例外。

前後

能容忍以前，不能容忍以後。

男女關係，千變萬化，不知可以變出多少花樣來，每一對男女，都有他們個別的情形，本來是無法作有規律的探討的。但是，在正常的情況下，倒也不是全無規律可循，大多數男人和女人的心理，還是有一定的法則，所以，也可以找出一些規律來。

例如，一雙男女，已經有了親密的關係，雖仍未正式結婚，但雙方都認定對方就是配偶了。在這種情形下，男人對女人的過去，提起來雖然不會很愉快，但是都可以容忍，即使對方的過去再不堪，也不會怎麼樣。反之，女人對男人，也一樣。

可是，若是在這種情形下的男女，相好之後，不論哪一方，若是又和另一個異性有了親密關係，有了壞行為，那就難以容忍了。

其難以容忍的後果，幾乎百分之九十九，是導致這一雙男女的關係破裂。

在這種情形下，男女略有分別，男人幾乎是義無反顧，決不原諒的佔絕大多數。而女性，至少有半數，會由於種種原因，委委曲曲地忍受下來。

妒火

破壞力和真的火一樣

不知是誰首先創造出「妒火」一詞的，其人一定是文學天才，嫉妒，本來只是人類的感情之一，並不是真正的火，可是人類在發生這種行為時，真想不出還有什麼比「妒火中燃」更恰當的形容詞了。

這一股火，在體內燃燒起來，簡直可以把人的每一寸皮膚，每一塊骨骼，每一根毛髮，每一條肌肉，都燃燒成灰燼，也可以把身體內的所有水分蒸乾，可以令人體的所有血液蒸發。

不分性別，男女都一樣，當妒火燃起，沒有人有辦法可以運用理智澆熄，只好讓它燒下去。

對所愛的人才會有妒火，若不愛，絕不可能產生妒火，所以，妒火又和愛情有不可分割的關係，也可以稱之為愛火，自己所愛的人，和自己以外的異性親熱，愛火和妒火就合而為一了。

有一個問題，相當值得研究：當一方燃起妒火之際，另一方，還愛妒火中燃的那一個人嗎？若愛，何以會有令對方嫉妒的行為？

惹所愛的異性嫉妒，百分之百是玩火行為，切不可試。

忽視

被心愛的人忽視的極限，是十八分鐘。

有沒有試過被忽視？相信人人都試過，人不可能永遠是主角，任何人，都有被忽視的時候。

可是，有沒有試過被自己心愛的人忽視？相信不是很多人有這樣的經歷，那真是幸事，因為，這種經歷，痛苦和可怕，至於極點，能不經歷最好。

心愛的人，或以為是互相相愛的人，總以為自己在對方的心目中，佔有重要的地位，做夢也想不到會遭到忽視。而突然之間，忽然對方的視線，一直停留在另一個異性的身上，與另一個異性絮絮軟語，完全把你當作不存在，甚至視線只要略移一下，就可以和你焦渴的目光相接觸，居然也不肯向你看一看時，那是一種什麼樣的情景？每一分鐘，就等於墮下了一層地獄，這種情景，任何人所能忍受的極限是十八分鐘——因為地獄只有十八層，再下去，不知要到什麼地方去，到時，人自然也不再存在。

為什麼會有這樣的情形發生？相愛的兩個人，視線怎會不射向對方？

答案似乎不必寫出來，人人可以自己去找。其實也只有一個答案——在那段時間中，你，根本不在人家的心上！

要脅

絕不要用自殺要脅異性

有時是女人，有時竟然是男人，會有一種十分愚蠢的行為：用自殺來要脅異性，有的還不是說說就是，而是真的付諸實行。

這種笨行為，大多數發生在男女感情起了變化的情形下，感到對方的感情起了變化的一方，就會有這種行為發生。

這種行為之所以愚蠢，是因為一點用處也沒有。他或她若是已變了心，另一方是死是活，如何還能打動他或她的心？說不定關心一下都不會，若是付諸實行，真的死得冤枉之極。

若是他或她，居然在乎另一方的死活，那說明他或她沒有變心，既然沒有變心，何必自殺？若是付諸實行，真的死了，更是冤枉之極！

所以，真要做這種蠢事的話，口頭說說，或裝模作樣，煞有介事，已是蠢到了頂點，真的去尋死覓短，那是自己作孽，與人無尤。

時代畢竟在進步，現在做這種蠢事的人總算是愈來愈少了！

苦樂

如魚飲水，冷暖自知。

男女情愛，表面看來，模式千變萬化，不知有多少花樣，其實，萬變不離其宗，只是一種。

若給愛情下一個最直接的定義，可以是這樣子：

「男女雙方，為了達到性交愉快的最高峰而作的種種思想交流。」

相愛的男女，必然做愛。不相愛的男女，也可以做愛，但是做愛的愉快程度，絕及不上相愛的男女，於是，為了達到做愛愉快的最高峰，男女之間就需要愛情。

絕對主張，根本沒有精神戀愛這回事，精神戀愛是變態的，不正常的，也根本不是戀愛，即使是同性戀，也有身體的親密接觸。

愛情可以帶給人極度的歡樂，也有人認為愛情也能帶給人苦惱，十分不確，愛情進行順利，不會有苦惱，當進行不順利時才會有。

為什麼會有時進行不順利呢？原因太多了，幾千幾萬種，沒有法子舉例分類，一定要身歷其境的人，才能明白。

如魚飲水，冷暖自知。他人何用得悉？

變化

有一方先發難

在熱戀中的男女，另有一種情懷，非局內人，實在是難以了解。曾聽過一男一女之間，有這樣的對白：

「將來如果我們分手，一定是你先不要我，不會是我不要你；因為我知道我自己對你的愛，濃得永生永世都不會改變。」

話是男的先說（或女的先說），女的又照樣說一遍（或男的照樣說一遍）。然後雙方異口同聲：「不會的，我們怎會變？」

結果，自然有了變化（若說這番話時，男女雙方相加的年齡在六十左右，將來起變化的可能，以相當大的比例，大於不起變化），是誰先說要變的，自然也漫不可考，或許是雙方同時對對方失去興趣。

在他們說那番話的時候，當然只是打情罵俏，並不是真的想到對方會不要自己，但是一件件，一樁樁的事情發展，到了非變不可的時候，總會有一方先發難，而另一方，自然也會承受較大的痛苦。

宇宙間的一切都在變，沒有不變的事物，人在宇宙之間，如此渺小，自然也擺脫不了變的鐵律。怎麼辦呢？唯有承認必然會有變化！認了吧！

方向

愛，一天比一天濃，也是變。

大多數男女之情，都會有各種各樣，程度不同，方式不一，情況互異，表現不一的變異，這種種變異，並不代表是什麼人錯了，或是什麼人對了，只不過是由於人處在宇宙必變的鐵律之中的一種現象而已。

正由於這個原因，所以，男女之間，若是有至死不渝的愛情，終他們一生，在愛情上始終沒有過變易的情形，就極其珍貴，十分罕有，難得之極，值得用各種形式去歌之頌之，流傳千古。

人的壽命相當短，從開始相愛的那一天起，若是在生命中有什麼意外，導致生命提前結束，自然，愛情上變化的發生可能性也少得多，那只是一種特殊的情形，若是男女雙方，真的到了白頭偕老，仍然熱愛對方，那才是真正的永恆愛情。

不是說宇宙間的一切全在變，沒有任何事物，可以擺脫變化的鐵律嗎？怎麼又會有永恆的愛情呢？其實，永恆只是一個形容詞，這一類珍貴罕有的愛情，還是千變的——一天比一天濃，一天比一天熱烈。

所謂「我愛你多於昨天，少於明天」，就是這個意思。

還是在變，只是變的方向不同。

剖嬰

退出三角關係成全對方

所羅門王要剖開嬰兒的故事，大家都知道。真正愛嬰兒的，是嬰兒的母親，她寧願失去嬰兒，也不願嬰兒被剖成兩半，這，可是真心的愛。

同樣的情形，也可以適用於男女情愛上。當發生兩女一男，或兩男一女的競爭，成為死結時，肯退出以成全對方的那一個，才是真正懷有刻骨銘心的深愛，就像嬰兒的真正母親一樣——寧願自己失去，也要使對方不受到任何的傷害。

這一點，在男女的三角關係之中，極其重要，退出的一方所忍受的痛苦，往往不為人知，那是人間許多的悲劇之一，也可以說是人間的許多悲劇之最；忍受的痛苦，究竟到了什麼程度，只有自己才知道，別人，就算是原來三角關係中的那兩角，也不會知道，甚至在他們新的生活之中，早就把這個悲劇人物忘記了！

在三角關係終於變成兩角關係時，其實並沒有所謂勝利者和失敗者之分。退出的、希望一方幸福的一方失敗了嗎？當然不是，在人格上，有着偉大的表現。另一方勝利了嗎？自然也不，沒有他人的犧牲，另一方點會獲得？

三角關係本身是悲劇，而必然，其中有一角愛得太深，更會是悲劇。

問愛

愛你就是愛你，沒有理由。

有人問異性：「你為什麼那樣愛我？我自問又沒有學問，又沒有社會地位，普通之極，你為什麼會那麼愛我？」問的人，自然是真正感到被問的異性強烈的愛，所以才會那樣問的。

答案是：「愛有什麼道理可講？愛你就是愛你，怎講得出理由來？」

再追問：「不行，非講不可，不然，我無法相信你是真正愛我，真的無法相信！」

被問的十分為難，因為愛情的而且確，沒有道理可以遵循，他還是有了較具體的回答：「你的身體，能給我極度的快樂，當然，你可愛之處，不但是你的身體，唉！怎麼說呢？你根本是一個可愛的人，所以才愛你！」

問的仍然不滿足，被問的再歎一聲：「你何必要弄明白道理？看我愛你的表現就夠了。」問的沒有再問下去，看來心中仍然存疑。

被問的也沒有進一步作答，因為這實在是無法回答的一個問題。

問的人，可以是男，也可以是女。

被問的人，也可以是男，可以是女。

這種問題，過去有，現在有，將來一樣有。

單戀

只是戀着對方，不作騷擾。

一直在強調，翻來覆去地說：「愛情是雙方的，當一方變心了，愛情就不再存在。而一開始，只有一方有情意，那也不叫愛情，只叫單戀。」

所以，有「相愛」一詞，是互相都愛對方的意思。相愛，自然可喜；相對的，單戀，就大不相同。一般來說，單戀，往往由於人性的自利，而會演變得十分醜惡。但也有少數單戀，是迴腸蕩氣，叫人感動。就曾聽過有男性五年來風雨不改，每日必送花給他單戀對象的故事，也曾聽一個早已過了適婚年齡的女性訴說她不婚的原因：「除了他之外，任何男人望我一眼，就會渾身起疙瘩，別說叫他抱着我，更不能想像進一步的親熱……我會死掉，沒有他，就不會有第二個男人。」聽到的，以為這位女性，一定有嚴重的心理毛病，其實，那只是程度極深的單戀而已。

單戀，是人類感情的一種，如果單戀可以離開佔有的欲望，那也是人類許多美麗感情的一種。但如果單戀的一方，採取種種欺詐、強迫等等手段，以達到佔有之目的，那就是人類最醜惡的行為之一。

人人都有機會單戀，不去騷擾對方，只是戀着對方，這應該是單戀守則。

倪匡經典散文精選集 1　倪匡說三道四　男女

作者：倪匡
書名題簽：蔡瀾
責任編輯：葉秋弦
協力：歐陽可誠
美術設計：簡雋盈
出版：明窗出版社
發行：明報出版社有限公司
香港柴灣嘉業街 18 號
明報工業中心 A 座 15 樓
電話：2595 3215
傳真：2898 2646
網址：http://books.mingpao.com/
電子郵箱：mpp@mingpao.com
版次：二〇二一年七月初版
ISBN：978-988-8688-03-6
承印：美雅印刷製本有限公司

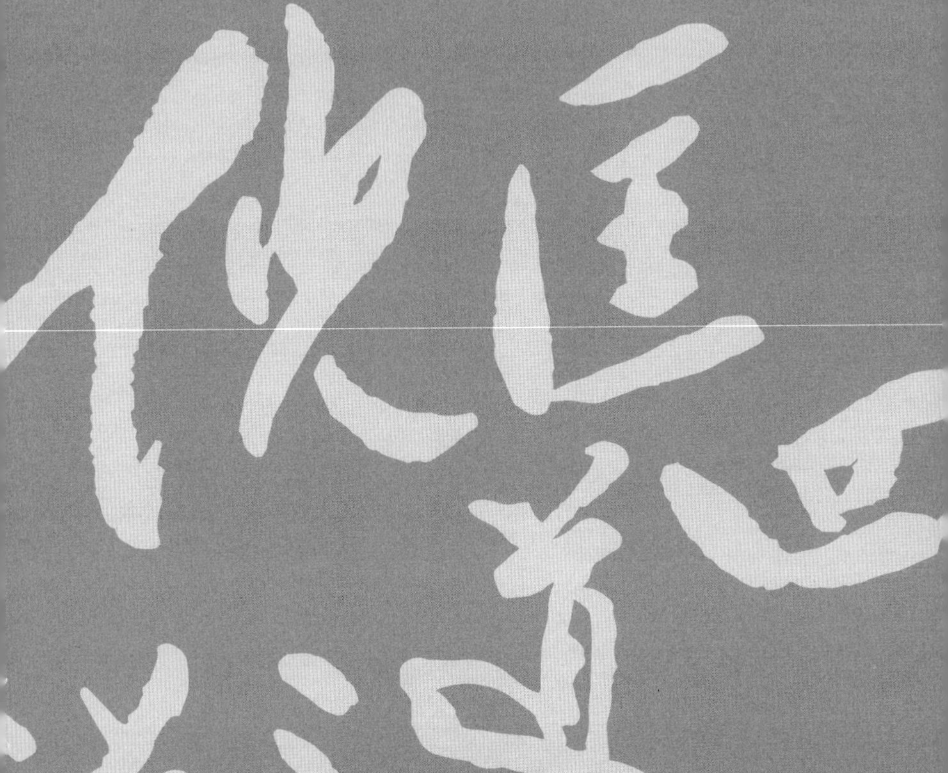